B a s h o n i m a n a b

# 芭蕉に学ぶ

## ――表現力と鑑賞力を養う

戸田富士夫

oda Fujio

新葉館出版

# 芭蕉に学ぶ
表現力と鑑賞力を養う

目次

## 第三章　野ざらし紀行　033



## 第四章　鹿島紀行　071

# 芭蕉に学ぶ

## ——表現力と鑑賞力を養う

# はじめに

少子高齢化が進む昨今、筆者の周りでは高齢者になってから俳句や川柳を趣味として手がける人が増えている。その一方で、句会などでは現役の若手女性の姿も散見するようになった。

川柳の初心者がよく口にするのは、「俳句は難しいから川柳にした」という言葉だ。私はそういうことも知らずに俳句から始め、縁あって今は川柳の結社に身を置いているが、二十年やって来て思うことは、「どちらも難しい」そして「どちらも深い」ということだ。俳句は季語と切れ字という「武器」があるが、川柳はどちらも自由というから却って難しい。

俳句と川柳で共通していることは、世界一短い五七五の「十七音の短詩型文芸」だということ、そしてどちらも「俳諧の連歌」をルーツにしているということである。

俳句は「俳諧の連歌」の発句から生まれ、川柳は前句付から生まれた。発句は連歌における挨拶句。だから俳句は季節描写に力点が置かれ、川柳は前句を受けた思いの主張に力点が置かれる。

縁あってこの世に生を受けた人間として、自分の心象をたった十七音の文字でどう表現するか、これは大きな課題であるが、それを「生きざま」で示してくれた人物、それが芭蕉だと思う。

芭蕉と言えば俳句の神様のように思われがちだが、俳句という言葉は明治になって正岡子規が「俳諧の連歌」の発句を独立させて名づけたもので、芭蕉の時代にはなかった言葉だ。むしろ川柳という言葉の方が古く、これは江戸時代の前句付の選者として好評だった柄井川柳に因んだ言葉で、前句付を独立させた言い方だ。俳諧師芭蕉は発句にも前句付にも長けていた。だから芭蕉は俳句の神様のみならず、川柳の神様でもあるのだ。

芭蕉の身に何があったのか、芭蕉は晩年憑かれたように旅に出た。そして旅の先々で発句とも前句付とも表示せず、多くの五七五の句を詠んだ。芭蕉は自分の臨終の間際でさえ弟子たちの句を評価し、更には自分の句についても弟子に意見を聴くという態度で、句に対しては自他ともに厳しい態度を貫いた。

「品がいいから俳句をやる」「面白いから川柳をやる」…芭蕉にはそんな気配は微塵も感じられない。芭蕉はいつも真摯に句に向き合った人であったように思う。

本書ではそんな芭蕉の、生い立ちから臨終までを辿り、特に旅に出てからの芭蕉を追って、道中の句にも筆者なりの鑑賞を試みたものである。

俳句を嗜む人にも、川柳を嗜む人にも、そんな芭蕉の生き方から何かを掴み取って頂けたら、筆者として望外の喜びである。

# 第一章

# 芭蕉の凄さと選句眼

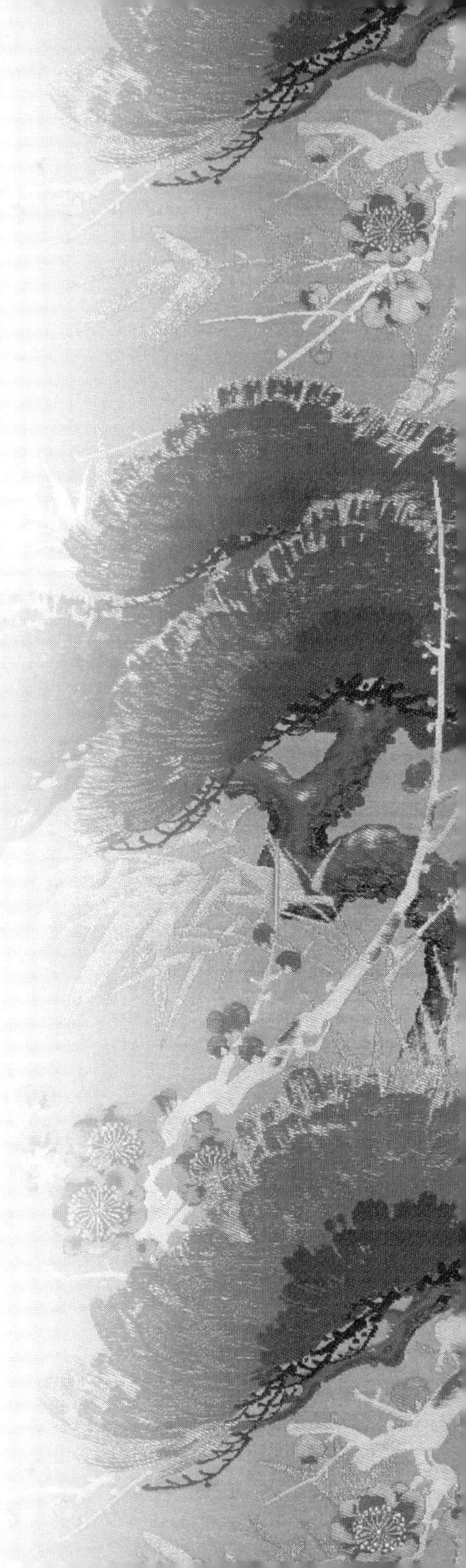

芭蕉の凄さは何と言っても、臨終間際まで句の表現に拘る姿勢を見せたことである。

芭蕉は息を引き取る四日前に「病中吟」と称して次の句を詠んだ。

## 旅に病んで夢は枯野をかけ廻る

この句が事実上芭蕉の辞世の句となるが、病の床で芭蕉はこの句に落ちつくまで粘り強く推敲し、弟子の其角に「なほかけ廻る夢心」とすべきか、「枯野を廻るゆめ心」とすべきか…などと打診したという。芭蕉はその二日後に遺書を書き、五日後に息を引き取っている。

この句は上五も下五も動詞で切れ字もないせいか、散文調であり韻文調の響きがない。芭蕉はこのことが気になって、下五を「夢心」など名詞止めにして韻文調にしたかったのかもしれない。この句は風景描写的ではあるが、思いの主張を客観描写した句と取れるので、現代でいえば俳句というよりは川柳的な一句だと思う。「夢が枯野をかけ廻る」ではなく、「夢は枯野をかけ廻る」とした助詞の強調表現によって、「夢だけがしきりに枯野をかけ廻っている」という思いの強さが出ている。芭蕉はきっとこの句の表現以外に自分の今の心境を表現する句はないと悟ったのであろう。この辺りの言葉の拘りようにも芭蕉の凄さを感じてしまう。

また『去来抄』によれば、芭蕉は臨終の前に居合わせた弟子たちに句を作るよう命じたという。そして「もう自分は死んでいるものと思え。一字たりとも相談してはならぬ」ともつけ加えた。その場の弟子たち七人がそれぞれに句を作って出した結果、芭蕉は丈草の一句だけを「丈草できたり」と言って褒めたという。その一句とは、

うづくまる薬罐《やかん》の下のさむさ哉　丈草

因みに他の弟子たちの句は次の句であった。

病中のあまりすゝるや冬ごもり　去来
引張つて布団の寒き笑ひ声　惟然
叱られてつぎの間へ出る寒さ哉　支考
思ひよる夜伽もしたし冬籠り　正秀
鬮《くじ》とりて菜飯たかする夜伽哉　木節
皆子也蓑虫寒く鳴尽す　乙州

弟子七人の句に対し、丈草の句だけを良しとした芭蕉の評価基準は一体何であろうか。

故・吉本隆明氏は著書『日本語のゆくえ』（光文社）の中で「俳句における主観と客観」とい

う見出しをつけ、芭蕉の次の二句を掲げて芭蕉の句にはどこか主観的な傾向が込められていると指摘されている。

荒海や佐渡によこたふ天河

この句の何処が主観的かといえば、「佐渡によこたふ」という表現で、ここは「佐渡にかかれる」でもいいところを、「よこたふ」という擬人法的な表現をして主観化している。

またもう一句

暑き日を海にいれたり最上川

この句は最上川を擬人化し「海にいれたり」という主観的表現をしている。このように芭蕉は客観性と主観性を交互に繰り入れるというようなことを、ちゃんと工夫してやっている、これが芭蕉の苦労した点であろうと吉本氏は指摘されている。

また吉本氏は、俳諧のルーツを遡れば片歌《かたうた》に行くが、片歌は上の句と下の句を二人で応答しあう問答歌であったから、五・七・五という短い形になってしまっても、五と七は二人の問答だというくらい、あるいは客観と主観というくらい違うように表現する必要があると芭蕉が考えていたのではないかと推測されている。

こういう視点に立って芭蕉の句を見ると、確かに一句の中の客観的な対象に主観表現が組み入れてある句が多いのに気づく。以下がその例で、傍線部が主観表現と思われる箇所である。

行春や鳥啼魚の目は泪
夏草や兵どもが夢の跡
閑さや岩にしみ入る蝉の声

これらの句の表現で着目すべきは、主体である自分にではなく、客観的な対象に主観を写した表現をしているということである。

ここで冒頭の丈草の句に戻ると、この句も「薬罐の下のさむさ」が薬罐という客体に主観を写して表現していることに気づく。

他の弟子の句に寒さを詠んだ句があるが、芭蕉が評価した主観的表現は自分が感じる寒さを直接表現することではなく、薬罐の下という客体に主観的な表現を適用したという点で、丈草の句だけが他の弟子と違うということが分かる。芭蕉の選句眼はこの点にあったと思う。

正岡子規が俳句は写生が重要だと言ったことから、俳句は客観写生が大事だといわれる。だが単に客体としての風景を客観的に表現しただけでは報告句や説明句といわれるものになりがちである。本来客体とは主観の認識や行動の対象となるものだから、主観を離れた客体は存在しないといえる。そうかと言って個人的な思いを直接的に主観表現したのでは、独りよがりになりがちで、受け取り方にも個人差が出る。

芭蕉はこの点を十分に承知の上で、客観的なものに擬人法的な主観表現をする手法を取り入れるに到ったと思われる。

このことを分かりやすくするために最初にあげた支考の句をみてみよう。

叱られてつぎの間へ出る寒さ哉　支考

この句の「寒さ」は、句を詠んでいる作者、即ち自分が感じる「寒さ」である。これは客観写生の句ではないのである。ところが芭蕉が褒めた、

うづくまる薬罐の下のさむさ哉　丈草

この句は「薬罐の下のさむさ」即ち、客観的な「薬罐の下」の状況を主観的な「さむさ」という言葉を使って表現している。これが芭蕉の評価基準に合ったのだと思う。芭蕉の句の工夫は確かにこういう点にありそうだ。これが芭蕉の句が人の胸を打つ表現の仕組みのように思われる。

# 芭蕉の半生

## ◇生い立ち

芭蕉は寛永二十一年（一六四四）、伊賀上野（三重県上野市）で、六人の兄弟姉妹の次男として生まれた。幼名は金作、通称は甚七郎、名は忠右衛門と称した。芭蕉という名は後に江戸に出てからの俳号である。父・松尾与左衛門は帯刀こそ許されていたが俸禄なしの、いわゆる無足人（土着郷士）で実質農家であったが、手習い師匠を家業にしていたという。平家の末流を名乗る松尾家ではあったが、家業は四代目に商家、明治には畳屋に変わっていることから、恵まれた生活ではなかったと推察される。芭蕉の受けた初等教育は寺子屋で小唄や漢文素読程度、今で言えば中学卒業程度であったと思われる。

## ◇伊賀上野での生活

芭蕉の家は次男に分与できるほど財産がなかったため、芭蕉は武家の奉公人となった。奉公先は藤堂新七郎家、時に芭蕉十三歳でこの年に父が亡くなっている。芭蕉は料理人として仕えたが、藤堂新七郎家の嗣子良忠は芭蕉に親しく接してくれた。良忠は芭蕉より二歳年上で、蝉吟《せんぎん》という俳号を持つ京都の北村季吟の門人であった。蝉吟は病弱で二十五歳で没したが、病弱な蝉吟の命で芭蕉は京都の季吟のもとへ蝉吟の句を届けて添削してもらったり、本来なら身分的にできない俳諧の相手をさせられたりした。当時の俳諧は古典的な流れを踏む貞門派が主流であったが、唯一の社交の場でもあった。芭蕉は才気縦横にこの世界にのめり込んだようで、小唄を唄ったり、艶っぽい句を詠んだりしており、陽気な性格であったことを窺わせる。そんな芭蕉は二十九歳の時、故郷を離れ江戸に出た。芭蕉にも出世志向があったものと思われる。

## ◇江戸での生活

江戸に出た芭蕉は日本橋で名主の代行として帳簿付けなどをして信頼されたが、その内に神田上水の水道引き込み工事を請け負って成功した。数百人を動かした芭蕉は、外交能力にも実務能力にも処世の才を持っていたことが分かる。並行して芭蕉は当時軽妙な口語と滑稽な着想によって流行った談林派の江戸俳諧でも注目されるようになっていく。江戸に出て五年にして芭蕉は経済的にも豊かになり、「桃青」の俳号で俳諧に名が知られるようになった。

神田上水の水道引き込み工事を請け負う前年、芭蕉は一旦故郷に帰り、甥の印之助を連れて江戸に戻った。手伝わせるためだったかもしれない。芭蕉は親と幼い頃に別れた悲運の印之助に対し、経済的面倒をみるのみならず、彼に「桃印」という俳号まで与えている。

社会的に活躍しだしたこの頃の芭蕉に、身の回りの世話をしたと思われる女性、お寿美（法名・寿貞）がいた痕跡がある。彼女は茶屋のとある女主の妹で、二十二歳で亭主に先立たれ、次郎兵衛という子供までいたが、独身の芭蕉は妾にしたらしい。当時は妾も奉公人で雇いものであった。

芭蕉は後に旅に出るが、留守中の芭蕉庵は彼女に委ねたという。芭蕉は彼女のみならず、彼女の子供をも終生大事に扱っている。お寿美は芭蕉が亡くなる直前の同じ年に亡くなったが、伊賀上野の念仏寺の過去帳には「寿貞」の名があるという。

## 芭蕉の謎と旅立ちの動機

### ◇深川移住の仮説

芭蕉三十七歳の時、芭蕉の住んでいた近くに火事があったが、そのどさくさの折に、芭蕉は小田原町から深川に引っ越している。なぜ俳諧で名声上昇中の芭蕉が弟子の三分の一まで失って深川に引っ越したのか、これが謎である。

芭蕉研究者たちはあらゆる文献や痕跡から当時二十歳の桃印がお寿美と密通をしたという仮説を立てている。密通が発覚すれば当時桃印は死罪、お寿美も咎を受ける。芭蕉は苦しんだに違いない。故郷には桃印が亡くなったかのように振る舞った形跡がある。亡くならない限りは五年ごとに故郷に帰って藩の役所に出頭しなければならない規定があった。芭蕉は期限には帰っているが、桃印は一度も帰っていないという。深川への引っ越しは近所の目をごまかすためだったと考えられている。

深川に移住した年の冬に芭蕉は次の句を詠んでいて、尋常ならぬ事情があったことを示唆している。

櫓の声波ヲうって腸《はらわた》氷ル夜なみだ

深川に移住後、芭蕉は臨済宗の禅僧仏頂和尚について禅を学んでいる。どうしようもない悩みを解決したかったのかもしれない。芭蕉は坐禅もし、杜甫や李白にも親しんだようだ。芭蕉が旅に出るのはこれ以降である。

芭蕉の俳諧はこの時期から大きく変化した。かつてのように俳諧の名声を求める様子はなくなった。当時の俳諧は有名な点者（選者）になって金を稼ぐ者も出だしたが、芭蕉はそんな風潮にも嫌気が差したのかもしれない。この変化が結果としてかえって芭蕉に世俗的な名声をもたらすことになった。

なお桃印はその後日陰の生活を余儀なくされ、十年間芭蕉とのつき合いも途絶えたようだ。十年後、芭蕉の前に姿を現した桃印は結核になっていた。お寿美には十二歳になる次郎兵衛の他に、七歳のおまさと五歳のおふうが育っていた。芭蕉は桃印を引き取り献身的に介護したといわれる。介護虚しく桃印は三十三歳で息を引き取った。芭蕉は「断腸の思い」と書き残している。芭蕉はこの甥に桃印という俳号まで与えていながら、一句も句集に入れていないのも前述の事情があったとすれば分かるような気がする。

## ◇無所住の心

芭蕉は四十歳の時に母を亡くしたが、その翌年の四十一歳の時に「野ざらし紀行」の旅に出た。芭蕉の旅はそれから続きだし、四十四歳の時に「鹿島紀行」と「笈の小文」の旅、四十五歳の時に「更級紀行」の旅、四十六歳の時に「おくのほそ道」の旅をしている。芭蕉は五十一歳で亡くなったが、晩年十年の大半を旅に費やした。何が芭蕉を旅にかきたてたのであろうか。これも謎である。

芭蕉の謎の解は、江戸市中から深川に引っ越して隠棲するようになった三十七歳の時の出来事にあるような気がしてならない。隠棲後の芭蕉にあった出来事は、三十八歳で仏頂和尚について参禅しだしたこと、隠棲した草庵の名が、門人李下がくれた芭蕉の株に因んで「芭蕉庵」と呼ばれるようになったこと、三十九歳で「芭蕉」という俳号を用いたこと、芭蕉庵が火事で類焼したこと、四十歳で母の死の知らせを受けたこと、その冬芭蕉庵が再建されたことなどである。

後の其角の『枯尾花』には、芭蕉は芭蕉庵の類焼の変で「無所住の心を発した」と書かれているという。「無所住の心」とは禅宗が大切にしている『金剛経』に出ている言葉で、「心は一刻も留まることはなく、生じては消え、消えては生ずる」ということである。

芭蕉は身辺の出来事に対し、何にも囚われず生きたいと思ったのかもしれない。

# 第二章

# 芭蕉の旅の要旨と名句

ここでは芭蕉が四十一歳から始めた旅の概要と、旅の合間及び旅すがら作った名句を挙げる。後の第三章以降では以下の芭蕉の旅を各章毎に辿りながら、芭蕉の句の鑑賞を試みる。なお以下の暦は旧暦（太陰暦）表示である。

## 『野ざらし紀行』――芭蕉　四十一歳

貞享元年（一六八四）八月から翌年四月までの九ヶ月間の旅で、伊勢を経て芭蕉の郷里・伊賀に帰り、大和から美濃、尾張、甲斐を廻って江戸に戻った旅。『甲子吟行《かっしぎんこう》』ともいう。

野ざらしをこゝろに風のしむ身かな
道の辺の木槿《むくげ》は馬に喰《くは》れけり
秋風や藪もはたけも不破の関
あけぼのやしら魚白きこと一寸
海暮《くれ》て鴨の声ほのかに白し
山路来て何やらゆかしすみれ草

## 「江戸での句会・蛙合」――芭蕉　四十三歳

貞享三年（一六八六）、「野ざらし紀行」の旅から帰って一年余の江戸滞在中、芭蕉庵での句会「蛙合《かわずあわせ》」を行ったが、そこで詠んだ次の句で、芭蕉は一躍有名になった。

古池や蛙飛び込む水の音

この句は「山吹や蛙飛び込む水の音」を推敲した結果、生まれたという。「山吹」と「蛙」では二物衝撃の効果がないが、「古池」と「蛙」との組み合わせは絶妙な上に、「古池」と「飛び込む水の音」の組み合わせが、悠久の静寂を一瞬で破る効果を発揮している。

この句を英訳する場合、蛙を単数（frog）にするか、それとも複数（frogs）にするかで議論になる。水の音を「静寂を破る音」と取るのが一般的と思えるが、この場合は蛙を一匹（単数）と捉える見方だ。蛙を複数（frogs）と捉えると、水の音は蛙の繁殖期の騒ぎの音になり、エネルギッシュな「生命の躍動の音」となる。

このことは「句というものは、一旦作者を離れると独り歩きをする」とよく言われる事例でもある。だから句には付き過ぎない（言い過ぎない）表現が求められるのであろう。人にはそれぞれの人生と、それによって育まれた感性と人生観があるので、一句には多数の受け取り方があると承知しておくことも大切だと思う。

**『鹿島紀行』**——芭蕉　四十四歳

貞享四年（一六八七）八月、月見を兼ねて常陸国（茨城県）の鹿島神宮の参拝に出かけた八月十五日から八月二十五日までの短期の旅。『鹿島詣』ともいう。

　　**寺にねてまことがほなる月見かな**

**『笈の小文』**——芭蕉　四十四歳

貞享四年（一六八七）十月江戸を出発、鳴海、勢田（大津市）から保美《ほび》村の門人杜国《とこく》を訪ね、郷里で越年。伊勢に詣で杜国を同道して吉野の花を見、高野山、和歌浦、奈良、大坂、須磨、明石を廻る翌年四月までの旅。

　　**旅人とわが名よばれん初しぐれ**

　　**蛸壺やはかなき夢を夏の月**

**『更科紀行』**——芭蕉　四十五歳

貞享五年（一六八八）、京都、近江、美濃を経て尾張に出た。尾張でしばらく滞在した後、ここからは越人を伴って木曽路をたどり、更科の月を鑑賞して江戸に帰った。この尾張以降の紀行文が『更科紀行』。八月十日頃から月末までの約二十日間の旅。

身にしみて大根からし秋の風

『おくのほそ道』――芭蕉　四十六歳

元禄二年（一六八九）、芭蕉が崇拝する西行の五百回忌にあたる年に、門人の河合曾良を伴って三月に江戸を発ち、奥州、北陸を巡った後、元禄三年（一六九〇）正月に伊賀上野に戻る。全行程約六百里（二四〇〇キロメートル）、約一五〇日間の旅。その後、近江、京都に滞在、元禄四年（一六九一）十月末に江戸に帰った。『おくのほそ道』には、このうち武蔵から、下野陸奥、出羽、越後、越中、加賀、越前、近江を通過して、九月六日に美濃大垣を出発するまでが書かれている。

行春や鳥啼《なき》魚の目は泪
夏草や兵どもが夢の跡
閑《しずけ》さや岩にしみ入る蝉の声
五月雨をあつめて早し最上川
荒海や佐渡によこたふ天河《あまのかは》
一家《ひとつや》に遊女も寝たり萩と月
蛤《はまぐり》のふたみにわかれ行く秋ぞ

## 旅後の芭蕉

芭蕉は『おくのほそ道』の旅後、伊勢神宮を参拝してから元禄三年（一六九〇）正月に一度伊賀上野に戻る。三月中旬に膳所（滋賀県大津市）へ行き、四月六日からは近江の弟子・膳所藩士・菅沼曲翠の勧めで、静養のため滋賀郡国分の幻住庵に七月二十三日まで滞在した。この頃芭蕉は風邪と持病の痔に悩まされていたが、京都や膳所にも出かけ俳諧の席には出たという。

元禄四年（一六九一）四月から京都・嵯峨野に入り向井去来の別荘である落柿舎に滞在、五月四日には京都の野沢凡兆宅に移った。ここで芭蕉は去来や凡兆らと『猿蓑』の編纂に取り組み始めた。「猿蓑」とは、元禄二年九月に伊勢から伊賀へ向かった道中記で、次の句がある。

初しぐれ猿も小蓑をほしげ也

元禄四年（一六九一）十月二十九日に江戸に戻り、借家で越年、元禄五年（一六九二）五月中旬には新築された芭蕉庵へ移り住んだ。その芭蕉庵で元禄六年（一六九三）に甥の桃印が介護空しく亡くなっている。

元禄六年（一六九三）夏には暑さで体調を崩し、盆を過ぎたあたりから約一ヶ月の間庵に籠った。同年冬には三井越後屋の手代である志太野坡、小泉孤屋、池田利牛らが門人となり、彼らと『すみだはら』を編集。これは元禄七年（一六九四）六月に刊行されたが、それに先立つ四月、芭蕉は何度も推敲を重ねてきた『おくのほそ道』を仕上げて清書へ廻したという。

## 芭蕉の最期

元禄七年（一六九四）四月に「おくのほそ道」の素龍清書本ができた。芭蕉はそれを紫色の糸で綴じ、表紙には自筆で題名を記して私蔵したという。

芭蕉はその年の五月にお寿美の息子である次郎兵衛を連れて江戸を発ち、伊賀上野へ向かった。途中大井川の増水のため島田で足止めを食らったが無事到着。その後湖南や京都へ行き、七月には伊賀上野へ戻った。

その後も京都、近江を往復するが、お寿美が芭蕉庵で亡くなったことを京都で知った。伊賀上野に戻った芭蕉はお寿美（法名・寿貞）に追悼の句を手向けた後、支考らを伴って再び奈良を経由して、九月九日大坂に到着。この道中の歩行は難儀を極めたという。

大坂行きの目的は、門人の之道と珍碩（洒堂）の二人が不仲となったので、その間を取り持つためだった。当初は若い珍碩の家に留まり諭したが、彼は受け入れず失踪してしまった。この心労が健康に障ったともいわれ、体調を崩した芭蕉は之道の家に移ったものの十日夜に発熱と頭痛を訴えた。二十日には回復して俳席にも現れたが、二十九日夜に下痢が酷くなって伏し、容態は悪化の一途を辿った。十月五日に御堂筋の花屋仁左衛門の貸座敷に移り、門人たちの看病を受けた。八日、「病中吟」と称して次の句を推敲の末に作った。

## 旅に病んで夢は枯野をかけ廻る

亡くなる二日前の十月十日夕方より高熱が出て容体が急変、支考に遺書三通書かせ、自らは兄半左衛門宛に一通をしたためた。翌日は朝から絶食、不浄を清め、香を焚いて安臥。その翌日、芭蕉は多数の門人が見守る中、息を引き取ったという。同年十月十二日（新暦十一月二十三日）、申の刻（午後四時）のことである。享年五十一。

遺骸は陸路で近江（滋賀県）の義仲寺に運ばれ、翌日には遺言に従って木曾義仲の墓の隣に葬られた。焼香に駆けつけた門人は八十名、三百余名が会葬に来たという。

次章から芭蕉の旅を、ひとつずつ辿ってみよう。

# 第三章　野ざらし紀行

## 旅立ち

野ざらし紀行の冒頭の文は荘子の文も引用した格調高さがあるので、原文のまま鑑賞してみよう。

千里に旅立て路糧《みちかて》を包《つつま》ず、三更月下無何入《げっかむかにいる》といひけん、昔の人の杖にすがりて、貞享甲子《じやうきやうきのえね》秋八月、江上の破屋を立出《たちいづ》るほど、風の声そゞろさぶげなり。

これを現代文に意訳してみよう。

長旅に出るのに食料も準備せず、夜更けの月の下、楽しむべき仙人境に入ると言った昔の旅人に見習って、貞享元年秋八月、隅田川のほとりの草庵を出たが、風の音がなんとなく寒そうである。

こう述べて次の二句を載せている。

野ざらしをこゝろに風のしむ身かな
秋十《と》とせ却て江戸をさす古郷《こきやう》

一句目は、野に白骨をさらす覚悟で旅立ったつもりではあるが、秋風がとても身に沁みるという感慨を詠んだもの。「野ざらしを心に（覚悟したものの）風のしむ身かな」と解釈すると分かりよい。「風にしむ身」の季題は「身に沁む」で秋である。

二句目は、「秋を十年も迎えてみれば、却って江戸が故郷に思える」という句意である。「却って」とは、「今から故郷の伊賀上野に行こうとしているのに」という意味で、江戸で十年住んだ芭蕉の感慨である。この句は芭蕉の思いを詠んでいて、川柳的な句であると思う。俳句か川柳かという仕分けより、詠み手のこみ上げてくる思いが素直に受け手に伝われば、それは文芸であると思う。そういう意味で紀行文の句は単独で味わえなくても、紀行文と共に挿絵のように味わえればそれでいいと思う。

関越える日は雨降《ふり》て、山みな雲にかくれたり。

関とは箱根の関のことである。こう書いて次の句を載せている。

**霧時雨《しぐれ》不二を見ぬ日ぞおもしろき**

この句は、時雨のような深い霧で富士山が見えない日もまた一興であるという感慨を詠んだものである。

何がし千里《ちり》と云けるは、此たび道のたすけとなりて、万《よろず》いたはり、心をつくし侍る。常に莫逆《ばくげき》のまじはり深く、朋友に信有哉此人《しんあるかなこのひと》。

なんとか千里という人は今回の道中の助けとなって、万事労わってくれ、心を尽くしてくれた。意気投合した友として信頼できる人である。

こう述べて次の千里の句を載せている。

深川や芭蕉を不二にあづけゆく　千里

この句は深川の芭蕉庵に植えてある芭蕉に思いを馳せたもので、旅立って世話ができない芭蕉を富士山に預けていくという思いを詠んだ句。「深川や」の上五に深川への郷愁の思いが出ている。そして深川あたりまで見通すように聳えている富士山にその思いを託しており、芭蕉が留守の住まいを気にしつつ旅立ったことを代弁している。後の『おくのほそ道』の旅では、その芭蕉庵をも売り払って帰ってこない覚悟の旅をするが、『野ざらし紀行』の旅ではまだ戻ってくるつもりがあったことを示していて、その後の芭蕉の心の変遷を辿る上でも興味深い句であるといえよう。

## 富士川・大井川・小夜の中山（竪題・横題、程拍子）

旅すがら芭蕉は富士川のほとりで捨て子に出会った。原文ではこう書いている。

不尽川《ふじがは》のほとりをゆくに、三《みつ》ばかりなる捨子のあはれげに泣《なく》あり。此《この》川の早瀬にかけて、浮世の波をしのぐにたえず、露ばかりの命まつ間《ま》と捨置《すておき》けん。小萩がもとの秋の風、こよいやちるらん、あすやしほれんと、袂《たもと》よりくひ物投げて通るに、

**猿を聞《きく》人捨《すて》子に秋の風いかに**

いかにぞや。汝父に憎《にくま》れたるか、母にうとまれたるか。父は汝を憎むにあらじ。母は汝をうとむにあらじ。只これ天にして、汝の性のつたなきをなけ。

富士川のほとりを歩いていると、三つくらいかと思われる子が捨てられて悲しそうに泣いているではないか。この川の急流に投げ入れてこの世の辛苦を乗り越えるのも忍びなく、はかない命が絶えるまではと捨て置いたのであろう。秋風の下、この子も萩のように今宵散るか、明日にも萎れるかと思われたので、袂から食べ物を出して投げ与えて通り、一句を詠んだ。

一体どうしたんだ。おまえは父に憎まれたのか、それとも母に嫌われたのか。父はおまえを憎んではいない。母もお前を嫌ってはいない。ただこれは天命であって、お前の運の悪さを泣け。

「猿を聞人」の句意は、「古来漢詩に猿の声を聞くとその悲しさは断腸の思いであると詠まれているが、猿の声を聞いた人に、この秋風の下に捨てられた子の泣き声を聞かせたらどうであろうか」という意味。上五の「猿を聞人」は七音の字余りであるが、下五が疑問形なので却っていい呼びかけ効果になっている。

当時はこのような捨て子があったらしい。芭蕉は已むに已まれず捨てた親の気持を代弁している。そして運命に泣けと言って慰めている。泣くなと言っていないのは、芭蕉も泣いているからであろう。自分ではどうすることもできず、芭蕉は泣きながら捨て子に食べ物を与えたのであろう。ここに芭蕉の仏教的諦観と慈悲の心を見る思いがする。

現代ならどうであろうか。現代は幼児が家庭内で虐待される時代である。親の気持の代弁もできない時代になっている。親の事情が已むに已まれぬ生活苦ではなく、享楽を得たいがための子への八つ当りの様相を呈している。天命に泣けとはとても言えない。芭蕉だったら何と言うだろうか。

芭蕉の旅は雨の大井川、小夜の中山へと続く。原文を辿ろう。

大井川をこえる日は終日《ひねもす》雨ふりければ、

**秋の日の雨江戸にゆび折《おら》ん大井川**　　千里

馬上の吟

**道の辺《べ》の木槿《むくげ》は馬に喰れけり**

「秋の日の雨」の句は同行の千里《ちり》の句。雨の大井川に面し、江戸にいる芭蕉の門人達が大井川を渡る日を指折り数えて話し合っているだろうという句意である。当時の大井川は箱根の関と並ぶ難所で、雨が多い時は川止めされることもあったという。字余りが却って長雨の情景と門人の思いを描写しているような句である。

「道の辺の」の句は大井川を渡り終えて馬に乗った際に、眼前の即景を詠んだものであろう。この句には古来「出る杭は打たれる」という教訓的寓意だとする見方があるが、あまりにも写実描写的な句だからであろうが、そうまで深読みすべきではないと思う。「馬が木槿を食った」とは詠まず、「木槿が馬に食われた」と詠んだ芭蕉の眼に注目したい。芭蕉の眼は木槿に注がれている。季語には和歌以来の花鳥風月の「竪題」と、俳諧で新しくできた俗語の「横題」があるとされているが、木槿は「横題」の季語である。「横題」には俳諧性、即ち「俗」と「笑い」がある。芭蕉は「折角咲いた木槿もかわいそうに馬に食われてしまったわい」とでも言いたかったのではなかろうか。ここにも芭蕉の仏教的諦観と慈悲の心が出ているように思う。続く芭蕉の文を辿ろう。

廿日《はつか》あまりの月かすかに見えて、山の根際《ねぎわ》いとくらきに、馬上に鞭をたれて、数里いまだ雞明（鶏鳴）ならず。杜牧が早行の残夢、小夜の中山に至りて忽《たちまち》驚く。

**馬に寝て残夢月遠し茶の煙《けぶり》**

この一節は、鳥も鳴かない未明の道を馬に任せて数里、中山に着いた途端に杜牧の『早行詩』にある通り、馬上での残夢がたちまち覚めてしまったという叙述。

門弟土芳の『三冊子』によれば、「馬に寝て」の句は最初「馬上眠らんとして残夢残月茶の煙」で、上五が字余りだったが推敲され、「馬に寝て残夢残月茶の煙」になった。しかし今度は拍子が良すぎるので、中七を字余りにして拍子を外し、「馬に寝て残夢月遠し茶の煙」に直されたという。拍子を外しても「茶を煮る煙」を強調したかったものと思われる。芭蕉の句は拍子のいいものが多いが、拍子が良すぎると内容が二義的になりがちなので、わざと拍子を外す「程拍子《ほどびょうし》」もやったようだ。この句は「程拍子」のいい例である。

# 伊瀬参宮・西行谷

芭蕉の記述は小夜の中山から一気に伊勢に飛んでいる。原文を辿ろう。

松葉屋風瀑《ふうばく》が伊勢にありけるを尋ねおとづれて、十日ばかり足をとゞむ。腰間《ようかん》に寸鉄を帯びず、襟に一嚢《いちなう》をかけて、手に十八の珠《たま》をたづさふ。僧に似て塵《ちり》あり、俗に似て髪なし。我僧にあらずといへども、鬢《びん》なきものは浮屠《ふと》の属にたぐへて、神前に入ることをゆるさず。暮《くれ》て外宮に詣《まうで》侍りけるに、一の鳥居のかげほのぐらく、御灯《みあかし》処々に見えて、また上もなき峰の松風、身にしむばかり、深き心をおこして、

三十日《みそか》月なし千《ち》とせの杉を抱《だく》嵐

この一節は江戸の伊勢屋という出店に定住している松葉屋風瀑という芭蕉の弟子が伊勢の実家に帰省していたので、そこで十日ばかり滞在した際の記述である。

芭蕉は僧に似た身なりであっても僧ではないが、鬢のないものは僧に類するとされ、神前に入ることを許されなかったと述べている。当時、神宮は仏家を忌むものとして僧尼を拝殿まで入れず、別に設けた僧尼拝所から遥拝させたといわれる。しかたなく暮れてから外宮に

お参りしたが参道最初の鳥居の影が仄暗く、灯明が所々に見えて西行の歌のように、この上もなく尊い松風が身にしむようで、心を深くして「三十日月なし」の句を詠んだ。

この句は、中秋八月三十日のこととて月はなく、森厳な暗闇の中、吹き下ろす松風に耐える千古の大杉に、抱きしめたいほどの畏敬の念を覚えたという意味であろう。嵐と杉は対立しあう存在だから、「嵐が杉を抱く」と取るべきではない。古来漢詩文の「樹を抱く」という表現には、慟哭や痛憤の意味を託すことが多いので、この句の「杉を抱《だく》嵐」という表現は、慟哭したい嵐のような畏敬の思いを詠んだものと解釈するのが一般的である。上五の字余りは説明的ではあるが、荘重な感じをもたらす効果になっているとも取れよう。

次の原文に進もう。

西行谷の梺《ふもと》にながれあり。女どものいも洗ふを見るに、

**芋洗ふ女西行ならば哥《うた》詠まん**

其《その》日の帰《かへ》さ、ある茶店に立よりけるに、蝶と云ける女、あが名に発句せよといひて、しろき絹出しけるに書きつけ侍る。

**蘭の香や蝶のつばさに薫《たきもの》す**

閑人の茅舎を訪《とひ》て
**蔦植《うえ》て竹四五本の嵐かな**

「芋あらふ女」の句は、西行がかつてここに隠棲していた時の逸話を思い起こしての句である。西行はここで遊女に宿を乞うたが断られ、不満を歌にしてもらしたところ、世を厭う人であるならと返歌で応じ、受け入れて終夜閑談したという逸話がある。五十鈴川で芋を洗う光景は王朝歌人の西行とは合わないが、ここは芭蕉のユーモアのセンスと西行への親近感が出ていると受け取るべきであろう。芋洗う光景すら西行にかかると歌になるのではなかろうかと言いたげである。

「蘭の香や」の句は、帰りに立ち寄った茶店の女が、蝶という自分の名を発句にして欲しいと白い絹を持ってきたので、それに書いた句である。『三冊子』によればこの女は芭蕉と顔見知りで、遊女であったが今はこの店のあるじの妻になっている女であったらしい。芭蕉は遊女には哀れを感じるのか、乞われて句を書いてやっている。句意は、羅《うすもの》に香をたくように蝶の羽に蘭の香がしみ込むだろうというもの。蝶という女の艶麗さを蘭の香という秋の季題になぞらえて詠んだ句である。

「蔦植て」の句は、閑居な庭のたたずまいを詠んだ挨拶句で、蔦と竹四五本しかない小さな庭にも秋の風が吹き渡ってざわめいているという句意であろう。この句は情景描写として焦点がやや曖昧だという批判もあるが、蔦は秋の季題なので「蔦植て」は「今植えた蔦」ではなく「植えられている蔦」と解釈すべきであろう。その蔦紅葉に秋風が当たる情景を「竹四五本の嵐」と表現しているのはやはり直接描写を避ける芭蕉の才能であるような気がする。
なお『笈日記』によれば、この庭は「廬牧亭」とある。廬牧は恐らく隠居した俳人であろうといわれている。

## 古里・竹の内・当麻寺（不易流行）

芭蕉はいよいよ故郷に着いた。原文を辿ろう。

長月のはじめ故郷に帰《かへり》て、北堂の萱草《けんそう》も霜がれ果《はて》て、今は跡だになし。何事もむかしにかはりて、はらからの鬢白く、眉皺よりて、只命有《あり》てとのみいひて、ことの葉もなきに、兄《このかみ》の守袋をほどきて、母の白髪おがめよ、浦島が子の玉手箱、汝が眉もや、老たりと、しばらく泣て、

## 手にとらば消《きえ》ん涙ぞあつき秋の霜

九月の初め、故郷伊賀上野に帰ってみると、母の住まいはその面影すらなかった。すべてが変わり果て、兄はといえば、鬢は白く、眉間に皺が寄っていて「無事でなにより」のひと言の他には言葉もなく、自分のお守り袋をほどいて母の白髪を取り出し、「これを拝むがいい。浦島太郎が玉手箱を開いたみたいに、おまえの眉も老いたなあ」と暫く泣いた。

北堂の萱草とは詩経によるもので、古代中国では母は家の北堂に住んだが、そこに植えた萱草すら霜で枯れ果てているという情景を述べたものである。萱草は「かんぞう」または「忘れ草」とも言い、身につけると物思いを忘れるといわれる。

「手にとらば消えん」の句は、母の白髪を秋の霜にたとえて詠んだ句で、母の白い遺髪を手に取れば、こみ上げてくる自分の熱い涙で秋の霜が融けるかのように、きっと母の白髪は消え失せるであろう、という句意である。

上五の字余りの説明は何のことかと読者に関心をひかせ、中七下五でそれはこみ上げてくる熱い涙で消える「秋の霜」だとし、それは結局「母の白髪」の比喩であると気づかせる。秋の霜は冬の霜よりもっと儚く消えてしまう。母の命の形見を秋の霜に例えるとは何と巧みな表現であろうか。

この句は母を亡くした翌年に古里を訪ねた芭蕉の事情を知ってこそ深い鑑賞ができる。このような句の表現は紀行文に載せるからこそ出る醍醐味であろう。もし「句は独立した句としてしか鑑賞するべからず」といえば、この句はただ何かの悲しみを詠んだものとしか受け取れない。

短詩型文芸というものは、短詩として鑑賞できる特徴があるが、その短詩を浮かび上がらせる背景文の工夫もあっていいと思う。さまざまな紀行文中に句をちりばめた芭蕉は、きっとそんな効果も狙っていたものと思わる。

さて次の原文に進もう。

大和国に行脚して、葛下郡《かつげのこおり》竹の内と云所に至る。此所は例の千里《ちり》が旧里《ふるさと》なれば、日頃とゞまりて足を休む。藪より奥に家有《あり》。

**綿弓《わたゆみ》や琵琶になぐさむ竹の奥**

この一節は同行の千里《ちり》の古里である葛城の下《しも》の郡《こおり》で数日滞在した際のもので、句は藪の奥の閑静な千里の家で綿弓の弾《はじ》き打つ音を聴いて、それが琵琶の音のように慰められると詠んだもの。綿弓とは綿打ち弓ともいって、精製してない繰綿《くりわた》を弾き打って不純物を除いた打綿にする道具のことで、「綿取り」と同じ秋の季語である。中七が主観的表現になっていて詩情を損ねているという解釈がある一方で、挨拶句だからやむをえないとも解釈されている。さらに次に進もう。

　二上山当麻寺《ふたがみやまたいまでら》に詣《まうで》て、庭上《ていしやう》の松を見るに、およそ千《ち》とせも経たるならん、大《おほい》さ牛を隠すとも云《いふ》べけん。かれ非情といへども、仏縁にひかれて、斧斤《ふきん》の罪をまぬがれたるぞ、幸いにして尊《たつと》し。

**僧朝がほいく死《しに》かへる法《のり》の松**

奈良の二上山当麻寺は禅林寺とも呼ばれ、聖徳太子の弟、麻呂子親王の建立した万法蔵院を移転改名した所で、中将姫が継母の虐待に堪えかね、家を逃れて得度した寺として有名である。芭蕉はそこの松の巨大さに打たれて、心を持たぬ松なのに仏縁のお蔭で切り倒されずにすんでいるから幸いにして尊いと述べ、この松を仏法の比喩として捉えた句にして締めくくっている。

この句は、僧と朝顔を何代も死に変わらせるのは松だと主張している不易流行を詠んだ句である。朝顔と僧侶を流行（流転）、松を不易（不変）の象徴として、不易の松の方が主体的に流転の世を作っているとでも言いたげな句である。「幾死に変わる」ではなく、「幾死に変える」としたところに芭蕉の思いがあるように感じる。

## 吉野・とくとくの清水

西行を慕う芭蕉は吉野を訪ねた。原文を辿ろう。

ひとり吉野のおくにたどりけるに、まことに山深く、白雲峯に重《かさな》り、煙雨《えんう》谷を埋《うづん》で、山賤《やまがつ》の家処々《ところどころ》にちひさく、西に木を伐《きる》音東にひゞき、院々の鐘の声は心の底にこたふ。昔より此《この》山に入《いり》て世をわすれたる人の、おほくは詩にのがれ哥《うた》にかくる。いでや唐土《もろこし》の盧山ともいはんもまたむべならずや。ある坊に一夜を借りて、

**碪打《きぬたうち》て我に聞《きか》せよや坊が妻**

この一節は現代文にしないほうが却って当時の風情が伝わると思う。山賤《やまがつ》の家とは、猟師や樵《きこり》の住む家のことで、吉野奥地のこうした風情が、中国江西省の名山「盧山」といわれるのももっともだと述べている。盧山は古来、山水の美と名僧文人らの幽栖の地として有名。芭蕉は伝統ある景勝の霊地で、ある宿坊に泊まって一句を詠んだ。

その一句、碪《きぬた》とは衣板《きぬいた》の約で、槌で布を打ちやわらげ、つやを出すのに用いる木または石の台のことで、「砧」とも書き、秋の季語である。これを打つことは昔から女の夜なべ仕事とされていたが、詩歌では夫に捨てられた妻がひとり寝の寂しさを怨む、いわゆる閨怨《けいえん》の情を託すものとされている。下五の「坊が妻」とは、宿坊の僧の妻のこと。昔の僧は一般に妻帯しなかったが、山奥の宿坊の僧は火宅僧といわれ、多くは妻帯であったらしい。

以上のことを知ってこの一句を鑑賞してみると、吉野奥地の寂寥感のほかに芭蕉自身の寂しさをいとおしむ心が見えてくる。上五も中七も字余りのままに、芭蕉は宿坊の妻に向かって、碪を打ってその寂しさと怨みに満ちた音を聞かせて欲しいと言っている。この句の場合は字余りが不可欠である。特に「聞かせよや」の「よ」と「や」の助詞を重ねた表現は「聞かせてはくれないだろうか」という宿坊の女への芭蕉の懇願にも取れる。芭蕉は宿坊の妻の気持ちをかつての芭蕉の妾であったお寿美の気持に重ねてみたのではなかろうかと、ふと思う。邪推かもしれないが…。

ドストエフスキーは『カラマーゾフの兄弟』の中で、ゾシマ長老に「悩めるものも、ときには絶望の余り、自分の絶望を慰みとすることがある」と語らせている。この句は明らかに寂しさを慰みとしている芭蕉の生きざまを示しているように思えてならない。

次の原文に進もう。

西《さい》上人の草の庵の跡は、おくの院より右の方二丁ばかりわけ入《いる》ほど、柴人のかよふ道のみわづかにありて、さがしき谷を隔《へだて》たる、いと尊し。かのとくとくの清水はむかしにかはらずと見えて、今もとくとくと雫落《おち》ける。

**露とくとくこゝろみに浮世すゝがばや**

もしこれ扶桑に伯夷《はくい》あらば、必《かならず》口をすゝがん。もし是許由《きょいう》に告《つげ》ば、耳を洗《あらは》ん。山をのぼり坂を下るに、秋の日既にな〻めになれば、名ある処々《ところどころ》見残して、先《まづ》後醍醐帝の御陵《みさゝぎ》を拝む。

**御廟《ごべう》年を経てしのぶは何をしのぶ草**

ここでは西行法師の草庵の跡が奥の院からさらに入った険しい谷を隔てた場所にあって、尊い感じがしたと述べている。「とくとくの清水」とは、西行庵の苔清水のことで、西行作と伝えられる「とくとくと落つる岩間の苔清水くみほすほどもなき住まひかな」の歌によって名づけられたものであろう。

「露とくとく」の句は、「とくとくと滴り落ちる岩清水で試みに浮世をすすげたらなぁ」という思いを詠んだものと解釈できる。この句は「とくとく」という擬態語が効果を発揮しているが、露ならば、「ぽたりぽたり」が一般的ゆえ、西行の時代は「とくとく」と滴っていた岩清水が、芭蕉に見たときには「ぽたりぽたり」であったのかもしれない。「ぽたりぽたり」であっても、芭蕉は「とくとくの清水」名に因んで「とくとく」と表現したのかもしれない。

この句の「すすがばや」にも「ば」と「や」の助詞を重ねる手法をとり、上五中七の字余りをものともしない巧みな句としている。名利を求める俗世間に嫌気を感じだした芭蕉と西行を敬慕してやまない芭蕉の両面が出ている句だといえよう。

さらに続けて、もし扶桑すなわち日本に伯夷のような清節の聖者がいればこの清水で口をすすぐだろうし、もし許由に告げればこの清水で耳を洗うだろうと述べている。伯夷は周の武王を諌めたが容れられず、周の粟を食むことを潔しとしないで隠棲し餓死した気骨の士。また許由は尭帝から天下を譲ろうといわれ、汚れたことを聞いたと川で耳を洗って隠棲した高潔の士である。

「御廟年を経て」は、夕刻前に後醍醐帝の御廟を参拝した時の句で、御廟に生え茂っていたしのぶ草を見て、足利尊氏の謀反に破れ、失意のうちに吉野で崩御した南朝の天皇、後醍醐帝を偲んだ句。しのぶ草は軒忍《のきしのぶ》のことで秋の季語である。

## 美濃路・桑名

先ず原文を辿りながら一句ずつ鑑賞するとしよう。

大和より山城を経て、近江路に入《いり》て、美濃に至る。今須・山中を過ぎて、いにしへの常盤の墳《つか》あり。伊勢の守武《もりたけ》が云《いひ》ける「義朝《よしとも》殿に似たる秋風」とは、いづれの処か似たりけむ。我もまた、

義朝のこゝろに似たりあきの風

いにしへの常盤の墳とは、源義朝の愛妾、常盤御前の墓のこと。常盤御前は東国に逃れる際にこの地で盗賊に殺されたと伝えられている。伊勢の守武とは、俳諧の開祖と称される伊勢内宮の神官、荒木田守武のこと。彼は「月見てや常盤の里にかかるらん」という前句に対し、「義朝殿に似たる秋風」と付けたが、芭蕉は何処が似ているというのかと反問している。守武が秋風を常盤御前のもとに通った義朝のようだと詠んだのに対し、芭蕉は我もまた詠もうと言って掲句のように詠んだ。即ち、守武は義朝の行為を秋の風に例えたのに対し、芭蕉は義朝の心を秋の風に例えているのである。その心とは、血族相討ち父を殺し、自身も家臣

に殺されるという悲劇的運命に翻弄された義朝の哀れな心であろう。

芭蕉の秋風への思いは更に次の句になって展開される。

不破

秋風や藪もはたけも不破の関

不破は岐阜県関が原町にある場所。不破の関は古代から反乱者の東国脱出を阻止するために設けられた三関《さんかん》の一つ、歌枕として有名である。新古今集の藤原良経の歌に「人住まぬ不破の関屋の板庇《いたびさし》荒れにし後はたゞ秋の風」とあるように、不破の関は昔から荒涼としたところであったらしい。芭蕉は歌枕としての「不破の関」を荒廃蕭条たる風景の象徴として下五に置き、その修飾語として「藪もはたけも」と中七で述べて景を具体化している。特に藪を挙げたのは荒廃蕭条たるイメージの具体化にいい効果を発揮している。この設定の故に、上五の「秋風や」の切れが実によく利いている。秋風の哀愁が「藪もはたけも」というあらゆる空間と、「不破の関」という古代からの時間を満たす。この句から、諸行無常、不易流行を感じて佇む芭蕉の心が見えるような気がする。次に進もう。

大垣に泊りける夜は、木因《ぼくいん》が家を主《あるじ》とす。むさし野を出《いづ》る時、野ざらしを心に思ひて

旅立《たびだち》ければ、

死《しに》もせぬ旅ねのはてよ秋のくれ

木因《ぼくいん》とは大垣の船問屋の人で芭蕉と親交があり、後に大垣蕉門の中心的役割を果たした人である。この句は、野ざらしになる覚悟で出発したが、幸い死にもせず、旅寝を重ねるうちに秋の暮れになってしまったという旅の感慨を詠んだもの。中七の切れが「や」でなく「よ」であるのは自分で自分に言い聞かせているように取れて面白い。なお現代の歳時記では「秋の暮」は秋の夕暮れのことであるが、句意から推してこの句は秋の末の「暮の秋」のことと解釈される。

野ざらし紀行は、当初はここまでで終る予定だったのかもしれないといわれる。なぜなら以下は紀行文が極端に少なく、句ばかりが並ぶ句集的な体裁になっているからである。具体的には次のとおりである。

桑名本当寺にて、

冬牡丹千鳥よ雪のほとゝぎす

本当寺とは正しくは本統寺で、東本願寺別院のことで、桑名御坊とも称された。この寺の住職は古益と号す俳人であった。この句は、この寺の寒牡丹の庭に千鳥が鳴いているのをとらえ、夏の牡丹の時期に鳴くほと、ぎすに対し、雪のほと、ぎすのようだと興じて詠んだ句である。死にもせず旅を終えた自分の身と同じ視線で詠んだ句とも取れる。

草の枕に寝倦《あき》て、まだほのぐらき中《うち》に浜の方に出《いで》て、

**あけぼのやしら魚白きこと一寸**

この句は、早暁の白魚の鮮烈な美しさを吟じた印象詩として、古来屈指の名句とされる。『笈日記』によれば、当初上五は「雪薄し」であったらしい。冬季の句であればもっともではあるが、雪と白魚では白魚の白さが目立たない。上五を「あけぼのや」としたことで、すがすがしい朝における白魚一寸の白さがクローズアップされた。白魚は春の季語だが、現在の季節に拘泥せず、白魚の新鮮な白だけを強調しようとして取った大胆な表現手法に、芭蕉の鋭い感性を見る思いがする。なお「一寸」という表現は、桑名地方の俗諺に「冬一寸、春二寸」という言い方があるし、杜甫の詩に「白小《しょうみな》群分命天然二寸魚」という言葉があるので、それらをヒントにしたものかも知れないともいわれる。

## 熱田神宮・名古屋

芭蕉は桑名を経て名古屋に入り、熱田神宮を参拝した。当時の熱田神宮のことをこう述べている。

熱田を詣《まお》づ。社頭大《しゃとうおほい》に破れ、築地《ついぢ》はたふれて草むらにかくる。かしこに縄を張《はり》て小社の跡をしるし、こゝに石をすゑて其《その》神を名のる。蓬《よもぎ》・しのぶ、心のまゝに生《おひ》たるぞ、なかなかにめで度《たき》よりも心止りける。

**しのぶさへ枯《かれ》て餅かふやどりかな**

熱田神宮の社殿は大いに荒れていたらしい。築地《ついぢ》とは築泥《つきひぢ》の意味で土塀のこと。土塀まで倒れて草むらに隠れていたという。蓬やしのぶ草が生え放題になっていて、却って立派に整っているより心に惹かれたと述べて一句をしたためている。

掲句の句意は、「昔を偲ぶという謂れのしのぶ草でさえ枯れ果てて昔を偲ぶ由もない。仕方なく餅でも買って宿をとった」ということであろう。字余りもなくリズムが整った句で、荒廃した歴史の年輪をとても寂しく感じた芭蕉の胸中がよく出ている。「しのぶさへ枯て」と

「餅かふやどりかな」の組み合わせは典型的な二句一章の句であると思う。「しのぶさへ」の上五と「やどりかな」の下五を、中七で「枯て餅かふ」と結合することによって、まったく関係ない二つ事柄が、より大きな次元の一つの感慨として表現されている。

次はこう書いて二句を並べている。

名護屋に入《いる》道のほど諷吟す。
**狂句木《きょうくこ》がらしの身は竹斎《ちくさい》に似たる哉**
**草枕犬もしぐるゝかよるの声**

最初の「狂句木がらしの」の句は、「自分の身は狂歌師の竹斎になんと似ていることとか」という感慨を詠んだ句である。自らを「狂句木がらしの身は」と詠んで風狂の身であると自覚しているとみられる句である。竹斎とは奇矯な言動の限りを尽し、狂歌を詠みながら諸国を漂泊した山城国出身の人物。世人に顧みられず、名古屋では医者を開業したものの藪医者と呼ばれたという。芭蕉は俳諧に身をおきながらも風狂への憧れがあって「野ざらし紀行」の旅に出たが、ここらでその感慨を漏らしたものであろう。「木がらしの」だけで上五になるものを何故「狂句」と頭につけたか、「狂句」を句中の語とする説と、句の説明文の続きの語であるとする句外の説があるが、句中の語であるという説が一般的である。芭蕉はまだまだ思うように句が作れないまま風狂の旅をつづけている我が身を表現したくて、あえて字余りを顧みず「狂句木がらしの」と形容したものであろう。
後の「草枕」の句は、「わびしい旅寝の枕に就いていると、犬も時雨に濡れているのであろうか、なき声が聞こえる」という意味であろう。中七は字余りであるが、我が身と犬を同じ次元で見ているように取れ、字余りが効果的に働いているように思う。

雪見にありきて、
市人《いちびと》よこの笠売《うら》う雪の笠

この句は雪見に歩いているうちに笠に雪が積ったが、市《いち》の人たちに「雪が積ったままのこの美しい笠を売ろう」と言っている句。芭蕉の風狂で滑稽な一面が見える句である。

旅人を見る。
馬をさへながむる雪のあしたかな

この句は旅人のみならず、馬をも眺めていたくなる趣の雪の朝であるという句意である。降りしきる雪の中を、人々は思い思いの目指す方向に向かう。あたかもそれが生きていくということであるかのように…。睫毛につく雪を馬は首を振って振り払い、鼻からは白い息が湯気のように吹き出ている。雪の朝景色においては、人も馬も生きとし生きる一如なる命として写る。芭蕉の時代の馬は労働と交通の手段であったので、普段は馬を美しいものとして心にとめることはなかったであろう。だからこそ雪の朝はそんな「馬をさへ」なのである。

「雪の笠」の句では雪の美しさに興じる芭蕉の滑稽な一面を感じるが、この句は寒々とした雪の朝の流転の刹那を一幅の美しい絵として捉え、しみじみと見つめている芭蕉の風狂の底にある真摯な眼を感じる。芭蕉の不易流行の眼とはこういう眼ではないだろうか。芭蕉にかかると「流転の刹那」も凍結され、「永遠に輝く星」になってしまうようにすら感じる。

## 熱田・伊賀・奈良

芭蕉は熱田から再び故郷の伊賀上野に帰り、年を越してから奈良に至る。この間に五句を載せている。

まず海辺に日をくらして

**海暮《くれ》て鴨の声ほのかに白し**

この句は海辺で一日を過ごした日の夕暮を詠んだ句である。「日が暮れて」とはせずに「海暮れて」としているところが非凡である上に、句の形が中七下五で句跨りになっている。定型に拘れば、「海暮てほのかに白し鴨の声」とするのが穏当であろう。しかしそれではほのかに白いのは鴨の声なのか海の色なのか曖昧になる。芭蕉は鴨の声が白いと強調したくて敢えて句跨りにしたと思われる。誠に大胆な表現である。海上は既に暮れているのに鴨がまだ鳴いている。これを鴨の声がまだ白い、即ち鴨の声がまだ暮れ残っていると詠んだのである。「暮れていく海に逆らうようにまだ鴨が鳴いている」そんな芭蕉の感傷であろうか。この句は本紀行文中屈指の名句とされるのも分かる気がする。次に進もう。

こゝに草鞋《わらぢ》をとき、かしこに杖を捨《すて》て、旅寝ながらに年暮《くれ》ければ、

**年くれぬ笠きて草鞋《わらぢ》はきながら**

といひいひも山家《やまが》に年をこえて、

**誰聟《たがむこ》ぞ歯朶《しだ》に餅おふ丑の年**

以上の二句は山家《やまが》、即ち故郷の伊賀上野の実家に帰って詠んだ年末と年始の句である。「年くれぬ」の句は、漂泊の一年を振り返って詠んだ飾り気のない素直な句である。この句は上五に切れを置き、下五は「ながら」という動作の並行を表す助詞止めにして、まだ旅が

続いていることをさりげなく表現して、旅のままに年がくれてしまった感慨を髣髴させる。同じような情景であっても、「草鞋はき笠きて年の暮れにけり」ではこういう情緒は生まれない。平易な言葉で深い意味を詠むというお手本のような句である。

「誰聟《たがむこ》ぞ」の句は、「あれはどこの婿だろうか、丑年の初春にシダに載せた鏡餅を背負って嫁を乗せた牛を追っているのは…」という意味である。田舎には年初に舅に鏡餅を贈る習俗があったが、故郷でこれを見た芭蕉は懐かしく心を惹かれたのであろう、「負ふ」に「追ふ」、「丑」に「牛」の言葉を掛けて古風な句作りを楽しんでいる。この年は貞享二年（一六八五）丑年であった。芭蕉四十二歳の初春のことである。

次では奈良への道中の句を載せている。

奈良に出る道のほど、

**春なれや名もなき山の朝がすみ**

この句は、「春になったのだなぁ、名もない山にも朝霞がかかっているではないか」という感慨を詠んだもの。上五で春を詠嘆しておいて、中七と下五でその理由を述べている。「名もなき山」であるところがこの句のいいところであり、芭蕉の自然への親しみが窺われる。

次はもう奈良の東大寺での吟である。

二月堂に籠《こも》りて、
水取《みずとり》や氷の僧の沓《くつ》のおと

水取《みずとり》は東大寺大仏殿の北東にある二月堂で毎年陰暦二月一日から二十七日間行われる修法で、又七日と十二日の夜に水屋の井戸の水を汲んで大松明を点じ堂廊を巡る儀式のことである。この句の「氷の僧」の語は、芭蕉が「籠りの僧」という語を聞き間違えて書いたのではないかという見方がある。「籠りの僧」であればこの句は分かりすぎるほど分かり平凡である。しかし冴え返る深夜に堂廊を巡る僧を「かちかちの氷のようだ」と感じ、そんな僧たちの沓の音が堂廊に響き渡る様を意図的に「氷の僧の沓のおと」と詠んだとも取れる。「氷の僧」なるが故にこの句は非凡な味わいのある句になっていると思う。因みに修行僧の履く沓は檜の厚板製で、行法中は激しい音を立てるといわれている。

## 鳴滝・近江路（竪題・横題）

芭蕉は奈良から京都に来た。

京に上りて、三井秋風《しうふう》が鳴滝《なるたき》の山家を訪《とふ》。

梅　林

うめ白しきのふや鶴をぬすまれし

樫《かし》の木の花にかまはぬすがたかな

三井秋風は京都の富豪でかつ風雅人。洛西の名勝鳴滝にある彼の山荘を訪ねて詠んだ二句である。

「うめ白し」の句は、山家の主人を宋の隠逸の高潔の士、林和靖《りんわせい》に例えて詠んだ挨拶句である。林和靖は西湖の孤山に住んで梅林に隠れ、鶴を愛した人物。鳴滝の山荘に咲いている梅は白く咲き匂い、あたかも宋の林和靖の梅林を髣髴させるゆえ、鶴もいそうなものだが今いないのは昨日にでも盗まれたからあろうか、という句意である。この句は山荘の主人、三井秋風を宋の林和靖に例えながらも鶴がいないことを指摘して、富貴にものを言わせるだけで、侘びの心を解さない秋風を皮肉ったものであるとする見方がある。「去来抄」には、その後度々秋風に招かれたが、芭蕉は行かなかったという主旨が述べられているから、芭蕉は秋風にあまり好意を持っていなかったのかもしれない。挨拶句にしてはちょっと棘のある句だが、あるいは芭蕉の滑稽を愛する心が詠ませた句なのかもしれない。

「樫の木の」の句は、樫の木が春の花盛りに同調するでもなく、青い葉をつけたまま超然と立っている様を詠んだ句である。この句も山荘の主人を樫の木に見立て、時流に動じることなく超然としていることを称賛する挨拶句と解釈されているが、季節の風流を解さない無粋者を皮肉っている句とも解釈でき、芭蕉の巧妙なユーモアかもしれない。

伏見西岸寺任口上人《さいがんじにんこう》に逢《あう》て、
**我衣《わがきぬ》に伏見の桃の雫《しずく》せよ**

この句は伏見にある浄土真宗の寺、西岸寺の任口上人を訪ねての挨拶吟である。上人は当時八十歳、この翌年に没している。伏見は桃の名産地であることから、上人の徳を桃に例えて、その雫で我が身を潤して欲しいと詠んでいる句である。芭蕉の社交的センスを見る思いがする。

大津に出《いづ》る道、山路をこえて、
**山路来て何やらゆかしすみれ草**

『三冊子』によれば、この句の上五は初め「何とはなしに」であったが、推敲の結果「山路来て」となったという。実にリズムのいい情緒のある句である。芭蕉の親友、山口素道は「野ざらし紀行」の序文中に、「山路来ての菫《すみれ》、道ばたの木槿《むくげ》こそ、この吟行の秀逸なるべけれ」と称賛している。なぜか、それは季語の使い方がユニークだからである。

この句に歌学者の俳人、北村湖春がクレームをつけたエピソードを紹介しよう。

湖春のクレームは「菫は山には詠まないもの。芭蕉は俳諧に巧みなりといえども、歌学がなく過ちを犯している」というものである。これに対して芭蕉の門人、去来は「和歌でも山路の菫を詠んだものもある」と反論している。しかし伝統的解釈では「菫は摘んで愛でるもの、だから山に詠まないもの」なのである。山路の菫を詠んだ場合でも「山に菫を摘まんとぞ思ふ」というような詠み方が伝統の菫の詠み方なのである。ところが芭蕉は山路で菫を摘まないまま愛でた。これが新しい竪題への俳諧からの芭蕉流の挑戦だったわけである。

季題には和歌の連歌の伝統の「竪題」と、新しく俳諧の連歌で使われだした「横題」がある。菫は「竪題」ではあるが、伝統和歌では菫は摘んで愛でるもの、これに対し芭蕉は山路の菫を摘まないまま愛でた、これが俳諧らしくユニークなのである。芭蕉は山路に無心に咲く菫に心を惹かれ、咲いているままに愛で、あえて摘んで花瓶に差し、美しさだけを抽出して愛でるという伝統的な愛で方はしなかったのである。芭蕉のユニークさは、生きている姿のままを詠んでいるその一点にあると言ってもいいであろう。山口素道はそれを称賛しているのである。

湖水眺望

からさきの松は花より朧《おぼろ》にて

この句は近江八景の一つ、辛崎の老松を詠んだ句で、琵琶湖から眺望すると満開の桜よりおぼろに霞んで見える様を「朧にて」と止めている。「去来抄」によればこの句には「切れ」がなく、発句の体を成していないと論議を呼んだが、芭蕉は自己の心懐に即した表現であるとして譲らなかったという。「朧かな」では芭蕉の心が許さなかったのであろう。表現に対する芭蕉の気迫が鑑賞できる句である。

昼のやすらひとて旅店に腰をかけて、

つつじいけて其《その》かげに干鱈さく女

後に客観写生を唱導した正岡子規がこの句を絶賛したという。字余りではあるが確かに情景が浮かぶ句である。

次の句は主観を客観表現化した句で、情景が浮かぶ句である。

吟行

菜ばたけに花見がほなるすゞめかな

水口《みなくち》にて廿年を経て古人に逢《あふ》。
　命ふたつの中に活《いけ》たる桜かな

この句は二十年ぶりの旧友に再会した句。旧友とは藩士の身分を捨てて馳せ参じ、後に伊賀蕉門の重鎮となった服部土芳のこと。芭蕉と彼の間に活けられた桜の花に強い再会の感慨を象徴させた句である。

## 帰　路

『野ざらし紀行』の帰路は尾張、木曾、甲斐を経て江戸に至る道である。本紀行最後の原文を辿るとしよう。

伊豆の国蛭が小島の桑門、これも去年の秋より行脚しけるに、我名を聞《きゝ》て草の枕の道づれにもと、尾張国まで跡をしたひ来たりければ、
　いざともに穂麦《ほむぎ》くらはん草枕

伊豆の蛭が小島とは源頼朝が配流された所。この句はそこの出身の僧がお供したいとついて来たことに対する挨拶句。これから苦楽を共に旅をしようという句意である。穂麦のままでは食えないが、貧しければそうまでしてでも…という強い決意を「穂麦くらはん」という比喩で表現している。これからの旅が木曾、甲斐経由の旅なので、野宿を表す「草枕」という言葉も真に迫っている。

此僧我に告て云《つげていはく》、円覚寺の大顚和尚《だいてん》、ことしむ月のはじめ迁化《せんげ》し給ふよし。まことや夢の心地せらるゝに、まづ道より其角《きかく》の方へ申つかはしける。

**梅恋《こひ》て卯の花をがむなみだかな**

円覚寺は臨済宗の鎌倉五山第二の名刹。そこの大顚和尚は其角の禅の師であると同時に、其角から俳諧を学んだという。芭蕉は供を申し出た僧から大顚和尚が睦月（正月）に亡くなったと熱田で聞き、驚いて懇意にしていた其角に知らせる手紙を書いている。其角は派手な句風で知られた蕉門十哲の一人である。

この句は梅の咲く頃に亡くなった大顚和尚を「梅恋て」と懐かしみ、今咲いている卯の花を拝んで涙しているという句である。季語が過去と現在の時系列として並んでいる。こういう句は季節の変化を詠んでいるので、季重なりではないとする考え方もあるかもしれない。

贈杜国（杜国《とこく》ニ贈ル）

**白《しら》げしに羽もぐ蝶のかたみ哉**

杜国は名古屋の人、芭蕉の愛弟子で深い交友で知られる。芭蕉は名古屋を離れるに当って、こう詠んで別離の情を吐露した。杜国を白芥子《しらげし》に例え、芭蕉自身を蝶に例えているが、羽をもいで蝶の形見にするという表現に痛々しく哀切極まりない芭蕉の思いが吐露されている。白芥子は夏の季語、蝶は春の季語。蝶が死んで白芥子の季節となる季節の変化を一瞬で捉えれば、この場合も季重なりにならないと解釈できるであろうか。

二《ふた》たび桐葉子《とうえふし》が許《もと》にありて、今や吾妻《あづま》に下らんとするに、

**牡丹蘂《しべ》深くわけ出《いづ》る蜂の名残《なごり》哉**

桐葉子とは熱田の郷士。芭蕉は彼の家に宿泊したが、江戸に戻るに際し彼に挨拶句を認めた。この句では桐葉子を牡丹蘂に、芭蕉を蜂に例えている。牡丹蘂に深く入り込んだ蜂は出るに当ってかぐわしい香に包まれて名残りを惜しんでいる、即ち、世話になった桐葉子の厚意に名残は尽きないと感謝しているのである。この句も牡丹は夏の季語、蜂は春の季語であるが、春から夏への変化を詠んだものと捉えていいのではなかろうか。

甲斐の山中に立《たち》よりて、

ゆく駒《こま》の麦になぐさむ舎《やど》りかな

この句は甲斐の山家に立寄った際の句で、乗ってきた馬も麦の接待を受けて労わられているということを詠んだ句で、芭蕉たちの寛いだ気分がにじみ出ている。甲斐の山中らしい情景を偲ばせる句である。

卯月の末庵《いほり》に帰り、旅の労《つかれ》をはらすほどに、

夏衣いまだしらみを取《とり》尽さず

この句は四月に芭蕉庵に帰り、旅の疲れを癒してはいるが、夏衣についた虱も取り尽せずにまだ呆然としている様を詠んだ句。野ざらし覚悟で旅に出た芭蕉は、野ざらしともならず、年を跨いで九ヶ月間に及ぶ旅を終えたが、この句から帰って来て抱いた虚脱感の大きかったことが窺える。虱は漢詩では隠者の風格を現すものとして扱われるが、芭蕉が隠者から離れたくない気持を詠んだと解釈すれば、あるいはこの句が旅の俳人としての芭蕉の自覚を固めた出発点の句なのかも知れない。ともあれこれ以降の芭蕉はとり憑かれたように旅に出て、遂には旅で果てるのである。

# 第四章　鹿島紀行

## 出発

『野ざらし紀行』の旅を終えて江戸に帰った芭蕉は、二年余り経ってから月見を兼ねて常陸国（茨城県）の鹿島神宮の参拝に出かけた。その参拝記が『鹿島紀行』である。『鹿島詣』とも呼ばれる、八月十五日から八月二十五日までの紀行である。

『野ざらし紀行』が紀行中の吟詠句主体のまとめ方だったのに対し、『鹿島紀行』は紀行文主体のまとめ方で、吟詠句は末尾に配置されている。まず冒頭の原文を辿り、次に現代文にして補足もしながら鑑賞してみよう。

洛の貞室、須磨の浦の月見にゆきて、

**松かげや月は三五夜《さんごや》中納言**

と云《いひ》けん狂夫のむかしもなつかしいまゝに、此秋かしまの山の月見んと思い立《たつ》ことあり。伴ふ人ふたり。浪客《ろうかく》の士ひとり、一人は水雲の僧。々《そう》はからすのごとくなる墨の衣に、三衣《さんえ》の袋を衿に打《うち》かけ、出山《しゅつさん》の尊像を厨子にあがめ入《いれ》てうしろにせおひ、柱杖《しぢやう》引き鳴らして、無門の関もさはるものなく、あめつちに独歩して出《いで》ぬ。今ひとりは僧にもあらず、俗にもあらず、鳥鼠《てうそ》の間《かん》に名をかうぶりの鳥なき島にもわたりぬべく、門より舟にのりて行徳《ぎょうとく》と云処《いふところ》に至る。

京都の貞門派俳人貞室が、須磨の浦の月見に行って詠んだ「松かげや」の句は、中秋の十五夜の月が須磨の浦の白砂に松の影をくっきり落としているという句だが、昔この地に閑居した中納言・在原行平《ありわらのゆきひら》もこの月に照らされたことであろう。「三五夜」という言葉は白楽天の「三五夜中新月色」という句からの表現であろうといわれる。この句を詠んだ風狂の士の昔のことも懐かしく思われたので、この秋に鹿島の山の月を見ようと思い立った。同行者は二人、一人は浪人（河合曾良）、もう一人は行雲流水の如くさまよう僧（宋波・江戸の定林寺住職）である。僧は烏《からす》のような黒の衣に、頭陀袋を衿に掛け、釈迦が成道して山を下りた時の尊像を厨子に丁重に入れて背負い、錫杖を持ち鳴らしながら、自由闊達に天地を独歩して出発した。これらとは別の一人（芭蕉本人）は僧でもなく俗人でもなく、鳥とも鼠ともつかぬ蝙蝠のようなもので、鳥のいない島に渡る蝙蝠のように、庵の門より舟に乗って、行徳（下総国東葛飾群行徳町、江戸川東岸）という所に着いた。

ここで芭蕉が自分のことを、「僧でもなく俗人でもなく、鳥とも鼠ともつかぬ蝙蝠のようなもの」と表現していることに注目したい。また同行した僧・宗波《そうは》の有様を禅の書『無門関』

に照らして表現していることにも注目しておきたい。『無門関』には「大道門無く、千差路有り。この関を透り得ば、乾坤を独歩せん」とある。芭蕉は七年前の三十七歳の時に仏頂和尚について禅を学んでいるが、悟りきれない自分を自覚していたのであろう。

## 鎌谷《かまがい》の原

行徳で舟を降りた芭蕉は鹿島までの道中を次のように書いている。故事などを補足しながら現代文にすると以下のようになる。

舟から陸に上がって、馬にも乗らず、細い足の力を試そうと、徒歩で行くことにした。甲斐の国からと、ある人がくれた檜で出来た笠を、それぞれ頂いて被り、八幡という里を過ぎたら、鎌谷《かまがい》の原（現在の船橋の北八キロメートル付近）という広い野に出た。和漢朗詠集にある秦甸《しんでん》の一千里ともいえようか、見れば遥かに見渡せるではないか。筑波山は向こうに高く、男体と女体の二峰が並んで立っている。かの唐土にも二峰ありということであるが、それは廬山《ろざん》の一隅にあるものだ。わが門人の嵐雪は「雪はいうまでもないが、春に紫色の霞がたなびく筑波の山もまた美しい」という趣旨の句を詠んだ。そもそもこの山は、日本武尊《やまとたけるのみこと》が「筑波を過ぎて幾夜になるか」と問うたのに対し、侍者が「九夜十日です」と答えたという故事を伝えて、連歌の起源とされ、連歌は「筑波の道」とさえ名づけられている。和歌を作らねば許されず、句を作らねば通り過ぎられない。まことに愛すべき山の姿であるといえよう。

次からの記述は鎌谷《かまがい》の原の風景描写である。これも現代文で鑑賞してみよう。

萩は錦を地に敷きのべたようで、昔橘《たちばな》為仲《ためなか》が陸奥守《むつのかみ》の任を終えて都に帰る時、宮城野の萩を長櫃《ながびつ》に入れて土産に持たせたというが、なんとも風流で慕わしく思われる。桔梗、女郎花、刈萱、尾花などが乱れ咲く中で、牡鹿が妻を恋い慕って鳴く声は、非常に哀れげな趣がある。放し飼いの馬の得意そうに群れ歩く姿も、また深い趣がある。

日が既に暮れかかる頃、利根川のほとりの布佐という所に着いた。この川で網代というものを仕掛けて鮭を捕らえ、武江の市で売る者がいる。宵になってその漁師の家に入って休んだ。生臭い夜の宿である。

月は隈なく見え、晴れているので、夜舟を出して鹿島に着いた。翌日は雨がしきりに降って、月は見えそうもない。

月見が目的で鹿島に来た芭蕉であったが、生憎の雨模様であった。しかし鹿島に来た芭蕉のもう一つの目的は、かつての芭蕉の参禅の師、仏頂和尚に会うことであった。次にはこの和尚と会った時の状況が記述されている。

## 仏頂和尚

鹿島に着いた芭蕉は、早速かつての参禅の師、仏頂和尚に面会した。現代文にすると次のようになる。

根本寺の先代の住職が隠退して麓にいらっしゃるという情報を聞いて訪ね、宿泊をした。そこは昔、杜甫が人に深い反省の心を起こさせると吟じたような所で、暫くは清浄の心を得るように思われた。明け方の空が少し晴れたので、和尚を起こし驚かせてあげたら、他の人たちも起き出した。月の光と雨だれの音が情緒深く感じられて胸がいっぱいになり、句らしい句もできない。はるばると月見に来た甲斐がないことこそ不本意なことである。清少納言でさえ時鳥を聞きに行って歌を詠まずに帰って気に病んだというが、それは私のためには良き味方の人と言えるのではないだろうか。

この箇所が最後で、後は句ばかりが並んでいる。以下句ごとに順に鑑賞していこう。

**をりをりにかはらぬ空の月かげもちゞのながめは雲のまにまに**　和尚

これは仏頂和尚の歌である。「いつも変わらない月でも折々にさまざまな眺めに見えるのは雲が千変万化するせいである」という内容だが、その奥には仏教の真如思想に基づく悟りの境地を詠んだ如何にも禅僧らしい歌である。仏教では、真如の月はいつも輝いているのに、人間の迷いの雲がそれを覆って曇らすと説く。確かに生きとし生けるものはすべて無意識にこの世に命を受けて生まれてきているが、意識しなくても生きていけるようになっている。わたしたちの体を振り返ってみても、自分が意識しなくても自分の内臓は動いている。生きていくために必要な欲求も無意識に感じられるように出来ている。渇けば水が飲みたくなる。疲れれば眠くなる。人間の迷いはその生きるための欲求に淡々と対応せず、執着して貪欲になることから生ずる。釈迦が貪欲を戒め、中道を説いたのもこの洞察からであろう。

月を見に来た芭蕉にこう詠んで応じた仏頂和尚の悟りの境地と、対機説法の力量が分かるような気がする歌である。このような内容の歌をこのような機会に詠んだことだけで、俳諧で身を立てようとした芭蕉の精神に多大な影響を与えた人物であろうと推測できる。芭蕉にとって仏頂和尚は理想の人物で、最期までその境地を夢見たが、果たしてその境地になれたのであろうか。

月はやし梢は雨を持ちながら　桃青

この句は芭蕉の句である。桃青とは最初に仏頂和尚について参禅した頃の芭蕉の前の俳号である。この句は月が出たが雨後の雲が速く流れ、梢にはまだ雨の雫が残っている様を詠んだもの。「雲はやし」とは言わずに、「月はやし」としたところが芭蕉の感性の鋭さであろうか。「梢は雨を持ちながら」と擬人法で継続の助詞止めにしたのも光景が目に浮かぶようで、臨場感のある表現となっている。

寺にねてまことがほなる月見かな　桃青

これも芭蕉の句。寺に泊まって真面目くさった神妙な顔つきで月見している様をユーモラスに表現している。滑稽が特徴の俳諧のプロならではの句である。芭蕉にはこういう面がある。これが芭蕉の原点であろう。仏頂和尚の高潔な句に対し、「自分はとても…」とでも言いたげな、へりくだった気持ちを表したかったのかもしれない。

**雨にねて竹おきかへる月見かな**　曾良

この曾良の句は、雨でしおれていた竹が晴れて起き返ってきたことと、雨の上がるのを寝て待っていた月見の自分たちも雨が上がったから起き出したということをかけて詠んだ句である。上五「雨にねて」が中七「竹おきかへる」と下五「月見かな」と両方にかかっている。技巧を凝らしたためか、情緒がやや欠けた感が否めない。

**月さびし堂の軒端の雨しづく**　宗波

この宗波の句は、嫌味はないが、上五「月さびし」が主観表現なのか月の擬人法表現なのか分かりにくい面がある。宗波は僧出身の門人である。

## 鹿島神宮

『鹿島紀行』は以降「神前」「田家」「野」「帰路自準に宿す」と題して句だけが載せられて終っている。

まず「神前」と題する鹿島神宮での三句を鑑賞しよう。

**此松の実ばえせし代や神の秋**　　桃青

この句は芭蕉の句で、今見ている鹿島神宮の老松が実から生えた時代といえば、さぞや鹿島の神のおわす太古の代であっただろうと、秋気の清らかさを「神の秋」と詠んで偲んでいる句である。切れ字「や」の後の「神の秋」が現前の秋と太古の秋が重なって感じられ、さすが芭蕉の句と思う。

**ぬぐはゞや石のおましの苔の露**　　宗波

この句の「おまし」とは「御座」と書き、神が降臨された時にお座りになられたという石のことである。要石とも称し、地震の鎮めともいわれる。句意は、この石に生えた苔の露を拭いたいものだということであるが、なぜ拭いたいかといえば露の清さに打たれてのことで、「拭えばさぞかし清められることであろう」という気持を詠んだものと思う。

**膝折やかしこまりなく鹿の声**　　曾良

曾良は鹿までが膝を折ってかしこまって鳴いていると詠んだ。鹿島神宮の神神しい雰囲気を詠んだつもりであろうが、ちょっとユーモラスで俳諧の本領発揮なのかも知れない。
次は「田家」と題して、四句が載せてある。

**かりかけし田面の鶴や里の秋**　桃青

この句は芭蕉の句。稲を刈りかけた田んぼに鶴がいる長閑な里の秋を感じる。

**夜田かりに我やとはれん里の月**　宗波

昔は夜でも稲刈りをすることがあったらしい。夜田刈りは晴天名月の夜に限られたので、この句は僧の身の宗波が里の月を見たい一心で夜田刈りに雇われてみたいものだと詠んだ句である。

**賎《しづ》の子や稲すりかけて月をみる**　桃青

この句は芭蕉の句。賎の子とは百姓の子のことで、今で言えば差別語である。賤しい百姓の子ですら、稲摺りかけた手を休めて月に見とれているという情景を詠んだ句。百姓の子が月に見とれていることを詠むことで月の美しさを際立たせている。

芋の葉や月まつ里の焼ばたけ　　桃青

これも芭蕉の句。「焼ばたけ」とは日照りの畑の情景である。里芋の葉は月見に欠かせないが、この句は早く月が出て来てくれないと芋の葉が日照りで枯れてしまいそう…という月を待つ気持を詠んだ句であると解釈できる。渇いた芋の葉を詠んだ句と解釈する向きもあるが、雨待つ里ではなく、やはり思い焦がれるほど月を待っている里を詠んだものと解釈したい。賎の子を持ち出して月の美しさを詠んだ前句に対比していえば、この句は枯れかけた芋の葉を持ち出して月を待つ心情を詠んだ句といえよう。二物衝撃手法を広い意味にとれば、前句は「賎の子」と「月」、この句は「焼きばたけの芋の葉」と「月待つ里」がうまく組み合わされているともいえよう。

次は「野」と題して、次の三句が載せられている。

もゝひきや一花ずりの萩ごろも　　曾良

この句は、萩の花の咲いている野を踏み分け行くと、萩の花にこすられて股引に色が付いたという意味の句である。一花ずりとは一回だけ花を摺り付けてその色を染め出すことで、股引が萩の一花ずりの衣のようになってしまったと詠んだ句である。情景は解かるが、上五

「もゝひきや」は詠嘆の切れ字を使うには野暮ったい感じがする。

**花の秋草にくひあく野馬かな**　曾良

花野に野飼いの馬が飽きるくらい草を食んでいるのんびりした秋の情景を詠んだ句である。

**萩原や一夜はやどせ山の犬**　桃青

これは芭蕉の句。美しく咲いた萩の原に向かって、せめて一夜くらいは山の犬を萩原に泊めてやってくれと頼んでいる句である。この句も萩原の美しさを直接形容せず、すさんだ山の犬を持ってくることによって萩原の美しさを対照的に浮かび上がらせている。

## 帰路

『鹿島紀行』の最後は「帰路自準に宿す」と題して、次の三句が載せてある。自準は常陸潮来の医師で、俳諧もよくした人物といわれる。

**塒《ねぐら》せよわら干す宿の友すゞめ**　松江

この句は、別号松江こと、自準の発句である。芭蕉たちを「友すゞめ」と呼びかけ、自準の家を「わら干す宿」と表現して、貧しいながらも宿に使ってくださいと温かい雰囲気で申し出ている主人の挨拶句である。

**秋をこめたるくねのさし杉**　桃青

この七七の句は、桃青こと芭蕉の脇句で、主人の挨拶句に対する返礼の句である。「くね」とは関東地方の方言で、生垣のこと。「さし杉」とは挿し木した杉のことである。「秋をこめたる」の表現には、こんもりと茂っているという意味と、生垣にまで気配りまでして迎え入れてくれた主人の心のこもったもてなしに対する謝辞が表現されている。発句で自準が自分の宿を「わら干す宿」と表現して卑下したのに対し、脇句では自準の家を見事に育った杉の生垣のある落ち着いた家だと賛美しているのである。

**月見んと汐ひきのぼる舟とめて**　曾良

この句は、発句、脇句に続く第三句で、曾良の句。月見をしようと河口を上って行く舟を呼び止めている句である。第三句は話題を転ずることを本意にするといわれるが、この句は確かに宿の句からは転じた内容になっている。

貞享丁卯仲秋末五日

これは日付で、貞享四年（一六八七）陰暦八月二十五日のことである。『鹿島紀行』の原文はここで終っている。芭蕉四十四歳の年である。

# 第五章　箋の小文

# 序章（風雅）

『笈の小文』は芭蕉没後十五年目の宝永六年（一七〇九）、芭蕉の弟子、乙州《おとくに》によって刊行された。笈《おい》とは行脚僧や修験者などが、仏具、衣服、食器などを入れて背負う箱のことである。従って「笈の小文」とはその中に入った小文ということであるが、序章の文は格調高く書かれている。原文のままで鑑賞してみよう。

百骸九竅《ひゃくがいきうけう》の中《うち》に物あり。かりに名付て風羅坊《ふうらぼう》と云《いふ》。誠にうすもの丶風にやすからんことを云《いふ》にやあらん。かれ狂句を好むこと久し。終《つい》に生涯のはかりごと丶なす。或時は倦《うみ》て放擲《はうてき》せんことをおもひ、ある時はす丶んで人にかたん事をほこり、是非胸中にたゝかふて、これが為に身安からず。しばらく身を立んことをねがへども、これがためにさへられ、しばらく学で愚《まなん》をさとらん事を思へども、これがために破られ、終に無能無芸にして只此一筋《ただこのひとすぢ》につながる。西行の和哥における、宗祇の連歌における、雪舟の絵における、利休が茶におけるもの、其貫道《そのくわんだう》するものは一《いつ》なり。しかも風雅におけるもの、造化にしたがひて、四時《しいじ》を友とす。見る処花にあらずと云ことなし。おもふ処月にあらずと云ことなし。像花《かたち》にあらざる時は夷狄《いてき》にひとし。心花にあらざる時は鳥獣にたぐひす。夷狄を出で、鳥獣をはなれて、造化にしたがひ、造化にかへれと也。

百骸九竅とは、百の骨、九つの穴を持つ人体のこと。また風羅坊とは、芭蕉の葉を風で破れやすい羅《うすもの》に例えて、芭蕉自身のことをこう呼んでいるのである。ここでは自己を客観視して自嘲的に述べる体裁をとっており、俳諧を好む自分のことを卑下して「狂句を好む」という言い方までしている。

現代文にすると原文の格調が失われるが、芭蕉の言いたいことをつかむために、現代文に意訳してみる。

この体の中に何物かがいる。仮に名づけて風羅坊と言っておこう。うすもの故、風に穏やかでありたくてこう呼びたいのかもしれない。彼は風狂ともいえる俳諧の魅力にとりつかれて久しく、ついに俳諧で生計を立てるに至った。ある時は飽きて投げ出そうとし、ある時は進んで人に勝つことを誇り、あれこれと思い悩んで、いつも安堵できない日々を送ってきた。ある時は仕官して立身出世することも願ってみたが、結局は俳諧への執着心に妨げられ、ある時は暫く学んで自分の愚かさを悟ろうともしたけれども、やはり俳諧への執着心のために挫折を余儀なくされ、ついに無能無芸にして俳諧一筋の人生となってしまった。

西行の和歌、宗祇の連歌、雪舟の絵、利休の茶など、それらを貫く道はただ一つ、それは風雅の道である。風雅は自然に従い四季を友としている。それ故に、花が風雅に見えないことはなく、月を風雅に思わないことはない。花が風雅に見えないなら野蛮人であるに等しいし、花を風雅と思えないなら、鳥や獣の類であると言えよう。野蛮人であることをやめ、鳥や獣であることから離れ、自然に従い、自然に帰らねばならないのである。

この序章は前半と後半に分けて二つのことを主張している。前半は俳諧の魅力にとりつかれた自分を自嘲気味に客観描写している。けれどもその真意は自嘲ではなく、逆説的に俳諧の魅力を語っているのである。芭蕉は「名月」を描写しようとして、月ではなく、「池を廻りて夜もすがら」というような表現方法をする人である。クローズアップしたいものは直接語らず、その周囲を語ることによって、そのものを浮かび上がらせるのが芭蕉のやり方である。ここでは俳諧への執着心のために、他には何も出来なかったと自嘲することによって、俳諧の魅力を浮かび上がらせているのである。

また後半は不易流行の思想の萌芽を思わせるような主張をしている。西行の和歌、宗祇の連歌、雪舟の絵、利休の茶など、それぞれの時代に流行したものを列挙して、それを貫くものは一つ、即ち「風雅の道」、これは不易であると主張しているのである。

この前半と後半の主張を総合すると、芭蕉は俳諧を通して風狂と言われるくらいに風雅の道を究めていくという意志を言外に語っていることになる。もしかしたら芭蕉は、西行の和歌、宗祇の連歌、雪舟の絵、利休の茶と同じレベルで、自らを風雅に関する俳諧の代表者として位置づけることを夢見ていたのかもしれない。前半の芭蕉の告白ともいえる文章をみると、芭蕉は枯淡の世界に生きているようでいて、その実はこのような人間臭い面もあったようにも思われる。いずれにしても、その後の芭蕉を『おくのほそ道』の旅にまで駆り立てた原動力は、ここで述べられている風雅へのひたむきな思いであったと見るべきであろう。

## 門出

原文の前半は次の通りである。

神無月の初、空さだめなきけしき、身は風葉の行方なき心地して、

旅人とわが名よばれん初しぐれ
また山茶花を宿々にして

岩城《いはき》の住《ぢゆう》、長太郎と云もの此脇を付《つけ》て、其角亭において関送《せき》りせんともてなす。

陰暦十月の初め、天候は不安定な様子だし、我が身は風に吹かれる木の葉のように行方が定まらない心地がして、一句詠んだ。

一句目の句意は「初しぐれが降りそうな空にあって、旅人と呼ばれてみたいものだ」というもので、風雅な旅への憧憬を表した句である。

この句に対し、磐城に住んでいる長太郎という者が「野ざらし紀行の時と同様に、また山茶花が咲く宿々を泊まり歩くだろう」という句意の脇句を付け、其角亭での送別の意図を込めた。

「関送り」とは本来、京都の人が伊勢神宮に行く際に逢坂の関まで送っていくことを指すが、転じて一般に旅立つ人を送るのに用いられるようになったといわれる。

続く原文は次の一句から始まる。

**時は秋よし野をこめん旅のつと**

此句は露沾《ろせん》公より下し給《たまは》らせ侍りけるを、はなむけのはじめとして、旧友、親疎、門人等、あるいは詩哥文章をもて訪《とぶら》ひ、或は草鞋を料《れう》に包《つゝみ》て志を見《あらは》す。かの三月《さんげつ》の糧《かて》をあつむるに一芥の力を入《いれ》ず。紙子・綿子など云もの、帽子《まうす》・したうづやうの物、心々に贈りつどひて、霜雪の寒苦をいとふに心なし。或《ある》は小舟をうかべ、別墅《べっしょ》に設《まうけ》し、草庵に酒肴たづさへ来《きたり》て、ゆくへを祝し、名残を惜みなどするこそ、故ある人の首途《かどで》するにも似たりと、いと物めかしく覚《おぼえ》られけれ。

以上を現代文にして鑑賞してみよう。

「時は秋」の句は、俳諧を嗜んだ奥州磐城平七万石の城主露沾公が、芭蕉の門出の前九月に芭蕉に与えたものだが、その後芭蕉によって文中に配するに当たり、出発時の神無月と季を合わせ「時は冬」と改められている。句意は、「旅立つ今はまだ寒いが、吉野に着くのは桜の頃だろうから、旅の持ち物はそれを見込んで用意して行くがよい」と受け取れる。「旅のつと」とは旅に出る際の包み物のことだが、これに「吉野を込めん」と詠んで、風雅の旅を見送る露沾公側にも心が躍る気持があることを表現している。「旅のつと」には旅の土産という意味もあるので、あるいは「旅立つ今はまだ寒い折ではあるが、帰りの土産には吉野の桜の風情を詠んだ句をいっぱい詰めて来てほしいものだ」という意味も兼ねているかもしれない。

この露沾公の句を餞の筆頭として、旧友、知人、門人など、詩歌を持って訪れて来る者や餞別を包んで志を表す者などがいた。荘子に「千里を適《ゆ》く者は三月の糧を聚《あつ》む」、即ち、「長旅をしようとする者は三ヶ月かけて糧を集めなければならない」と旅立ち準備の苦労が語られているが、そんな労力は要しないほどである。紙に渋を塗って作った衣、真綿を入れた防寒着、帽子、足袋など、思い思いの贈り物が集まったので、霜や雪の寒苦を凌ぐのに心配は要らない。

ある者は小舟を浮かべ、別荘で送別宴を催し、草庵に酒肴を携えて来て前途を祝し、名残を惜しむなどして、由緒ある立派な人の門出にも似て、とても物々しく感じられる。

この門出の文章を読んで思うのは、野ざらしの覚悟までした芭蕉にしては、相当に盛大な世俗的な見送りを受けているということである。風雅への憧れを強くし、世俗を嫌った芭蕉ではあったが、世俗に支えられていたからこそ風雅に遊ぶことができたのではなかろうか。芭蕉には、風雅の世界に浸る自分を世俗から評価してもらいたいという深層心理が働いていたかもしれない。そんなことを邪推したくなるような門出の章である。

## 道の日記・鳴海

芭蕉は門出の文章の後に、紀行文というものに対する自分の思いを述べている。以下がその原文である。

そもそも道の日記と云ものは、紀氏《きし》・長明・阿仏《あぶつ》の尼の、文をふるひ情を尽してより、余はみな俤《おもかげ》似かよひて、其糟粕《そのさうはく》をあらたむることあたはず。まして浅智短才の筆に及ぶべくもあらず。其日は雨降《ふり》、昼よりはれて、そこに松あり、かしこに何と云《いふ》川ながれたりなど云《いふ》こと、たれたれも云《いふ》べく覚《おぼえ》侍れども、黄奇蘇新のたぐひにあらずは云《いふ》ことなかれ。されども其処々の風景心に残り、山館・野亭の苦しき愁《うれひ》も、且《かつ》は噺の種となり、風雲のたよりとも思ひなして、わすれぬ処々、跡や先やと書集め侍るぞ、猶酔《よへ》るもの、妄語にひとしく、いねる人の譫言《うはごと》するたぐひに見なして、人また亡聴せよ。

以上を現代文にしてみよう。

元来旅の日記というものは、紀貫之、鴨長明、阿仏尼が旅情を述べつくして以来、他は形式的には似ていても新機軸を打ち出すには至っていない。ましてや智慧も才能もない者の文が及ぶはずがない。その日は雨が降ったとか、昼から晴れたとか、そこに松があったとか、遠くになんとかいう川が流れていたということは、誰でも容易に書けそうに思われるけれども、かつての黄山谷のような奇抜さと蘇東坡のような新鮮さがなかったら書いてはならない。けれども旅の所々の風景が心に残り、山中や野中の宿の辛い旅の思いも、一方では話の種になり旅の記録になるかと思って、忘れられない所など後先なく書き集めることは、さらに酔った者のたわ言のようだから、寝ている人のうわ言だとみなして、聞き流すべきである。

芭蕉はここで何を言いたかったのであろうか。紀行文というものは中国の黄山谷や蘇東坡を凌ぐ新機軸を打ち出したものでなければ価値がないと言っているが、自分にはその才がないと卑下しているとも取れるし、自分はそれを目指していると述べているとも受け取れる文である。しかしここに芭蕉の紀行文への抱負が述べられているのは見逃せない。芭蕉は先人を凌ぐ紀行文を書きたかったのであろう。

一般に『笈の小文』ではまだ『おくのほそ道』ほど韻文と散文の調和が取れておらず、美に欠けているといわれる。このような評価を踏まえながら、次の章の原文へ進もう。

鳴海にとまりて

**星崎のやみを見よとや啼《なく》千鳥**

飛鳥井雅章公の此宿にとまらせ給ひて、「都も遠くなるみがたはるけき海を中にへだてゝ」と詠じ給ひけるを、みづからかゝせ給ひて、賜りけるよしをかたるに、

**京まではまだ半空《なかぞら》や雪の雲**

みかはの国保美と云処に、杜国が忍びて在けるを訪《とぶらは》んと、先《まづ》越人に消息して、鳴海より跡ざまに二十五里尋ね帰りて、其夜よし田に泊る。

**寒けれど二人ねる夜ぞたのもしき**

あまつ縄手《なはて》、田の中にほそ道ありて、海より吹上る風いと寒き処なり。

**冬の日や馬上に氷るかげぼうし**

ここまでを鑑賞してみよう。

芭蕉は歌枕で知られた東海道の宿場町「鳴海」の歌人、飛鳥井雅章公の宿に泊まった。一句目の星崎は鳴海と熱田の間にある地名であるが、この地名が闇に鳴く千鳥の寂寥感を美しく表現している。

芭蕉は飛鳥井雅章公が鳴海まで来て都が遠くなったと嘆いて詠んだ歌を自ら書き、宿の者にくださったと聞いて、二句目の「京までは…」の句を詠んだ。この句は江戸を旅立ってきた

ものの、京まではまだ道半ば、空には雪雲がかかっているという前途不安な旅愁を詠んだものであろう。

ここで芭蕉は三河の保美に流刑されている杜国に会おうと思い立ち、芭蕉の弟子十哲の一人である越人に先ず知らせて二十五里も引き返し、その夜は吉田に泊まった。三句目の「寒けれど…」の句は、寒いけれども気の合った越人と二人寝る夜は楽しいと素直に読んだ句であると一般に解釈されている。しかしこの句は杜国と寝る日を楽しみに待っている句と解釈するのは行き過ぎであろうか。芭蕉は越人と寝ながら杜国に思いを馳せていたのではなかろうか。下五に形容詞を使うのは余程のことと思えてならない。芭蕉と杜国は衆道（男色）の関係だったという説もあるが、この句も影響しているのかもしれない。

四句目「冬の日や…」の句は、豊橋から田原にかけての渥美湾に沿った天津縄手という冬は西風の強い場所で詠んだ句で、冬の日を浴びた自分は馬上に凍りついた影法師のようだと表現した句である。「冬の日」と「氷る」は季重なりであるが、淡い冬日に浮かぶ影法師が効果的に表現されており、どちらの季語も動かないように思える。そのせいかこの句は本紀行中で屈指の好句と評価されているのである。

## 伊良古崎・名古屋

芭蕉は渥美半島南端の伊良湖岬で流刑中の愛弟子杜国《とこく》に会って一句を詠んだ。杜国は流刑の身であるから直接名前は出していないが、古来歌にも詠まれた伊良湖岬の鷹に引っ掛けて杜国との再会の喜びを詠んでいる。原文ではこうである。

保見村より伊良古崎へ一里ばかりも有べし。三河国の地つゞきにて、伊勢とは海隔たる処なれども、いかなる故にか、万葉集にはいせの名所の中にえらび入られたり。此洲崎にて碁石を拾ふ。世にいらごじろと云とかや。骨山《こつやま》と云は鷹を打《うつ》処也。南の海のはてにて、鷹のはじめてわたる所と云《いへ》り。いら古《ご》鷹など哥にもよめりけりと思へば、なをあはれなる折ふし、

　　鷹ひとつ見つけてうれしいらご崎

「いらごじろ」とは碁石貝のことで、今は産しないが、かつて伊良湖岬で産した貝のことである。骨山は今では「こやま」というらしいが、伊良湖岬の高峰のことで、かつては鷹狩の場所として有名であったようだ。芭蕉はここで鷹を一羽見つけてうれしいという句を詠んだの

である。この句は客観描写にしては「うれし」という主観の言葉が入っている。むしろ杜国を鷹に見立てて、杜国を見つけた喜びを素直に表現しようとした句と解釈すべきであろうか。

ここで杜国と会い、この先の旅で合流しようと密約を交わしたようだが、直ちに杜国と一緒に旅をするようなことはしていない。杜国にも準備があったものと思われる。

以下原文は短い説明をつけた句の羅列がしばらく続く。

熱田御修覆
磨直《とぎ》す鏡も清し雪の花
蓬左の人々にむかへとられて、しばらく休憩するほど、
箱根こす人もあるらしけさの雪

芭蕉はかつて野ざらし紀行で熱田神宮を訪れた際に、荒廃しきっている有様を嘆いたが、ここでは立派に修復された熱田神宮を訪れ、その感動を句にしたのである。その神々しい清浄さを、研ぎなおした鏡の清さと真っ白の雪を対比し、鏡に映る雪が散る花のように見えると称えているのである。

熱田神宮を蓬莱宮とも称したので、蓬左とはその左側という意味で、現在の名古屋のこと

である。名古屋の人々に迎えられてしばらく休憩後、降る雪を見ながら、この雪の中、箱根を越す人もあろうに…という句を詠んだ。これは雪の中箱根を越えなければならない人の境遇に対比して、温かく迎えられている自分の境遇を詠んだ句だと解釈されるので、芭蕉を迎えてくれた人への挨拶句と受け取っていいであろう。

ある人の会
**ためつけて雪見にまかる紙衣《かみこ》哉**
**いざゆかん雪見にころぶ所まで**

ここで「ある人の会」とはいえ、前の句は昌碧亭での句、後の句は夕道亭での句で、別々の会の句であるといわれる。

前の句の「ためつけて」とは、紙でできた「紙子」なる旅の衣の折り目を正しく直して雪見に参加致しますと詠んだ句である。これも旅の衣裳なりに身なりを正して雪見に行きますという挨拶句である。

後の句は、いつまでも雪見に興じていたいという心境を詠んだ好句として有名である。『三冊子』によれば、この句の上五は最初「いざゆかん」だったが、後で「いざさらば」に直されているという。後者の「いざさらば」の方が、帰ってこない意思が出ていて、徹底して雪見に興じたい思いが伝わっていいとする見方もある。だが、雪見は一人ではなく何人かで楽しみながらするものであると考えれば、前者の「いざゆかん」の方が趣もあっていいともいえよう。

或人興行

**香を探る梅に蔵見る軒端哉**

ここでの「或人興行」とは、「笈日記」によれば防川亭の俳席であったようだ。この句は匂ってくる梅の香の元を探り当てたら、そこは蔵の軒下だったという句意であるが、句の意図は梅につられて立派な蔵を拝見できたという挨拶句である。

## 旧里（数詞）

芭蕉は師走になって名古屋から故郷伊賀上野に向かう。原文を辿ろう。

此間、美濃・大垣・岐阜のすきもの訪《とぶら》ひ来りて、哥仙あるは一折《ひとおり》など、度々に及ぶ。師走十日余り名護屋を出て旧里《ふるさと》に入《いら》んとす。

**旅ねして見しや浮世の煤はらひ**

名古屋滞在中に俳諧を好む者がよく訪ねて来て歌仙をまとめたとある。歌仙とは懐紙二枚（二折）三十六句から成る連句のことだが、懐紙一枚（一折）十八句の歌仙を作ることも度々であったようだ。十二月十日過ぎに名古屋を出発し、芭蕉の故郷伊賀上野に向かった。

「旅ねして…」の句は、旅寝を重ねて月日の感覚も忘れがちであったが、世間の人々が煤払いをしているのを見て、もう師走になったのだという思いを新たにしたという感慨を詠んだものであろう。芭蕉は浮世を眺める立場で旅をしていることが分かる句である。次に進もう。

「桑名よりくはで来ぬれば」と云《いふ》日《ひ》永《なが》の里より、馬かりて杖つき坂のぼるほど、荷《に》鞍打《ぐらうち》かへりて馬より落《おち》ぬ。

**かちならば杖つき坂を落馬かな**

と物うさの余り云出《いひいで》侍れども、終《つひ》に季の詞入《いら》ず。

「桑名より食はで来ぬれば星川の朝飯はとく日永なりけり」は宗祇の狂歌と伝えられるが、その日永の里から馬を借りて乗って行ったら、杖つき坂で馬から落ちてしまったと述べている。杖つき坂はその昔、日本武尊が東征の帰途にここで杖代わりに剣をついたことからこの名があるところ。徒歩（かち）ならば杖をついて坂を上るのに、なまじ馬に乗ったばかりに落馬したという句意で一句を詠んでみたが、物憂さのあまりに句は浮かんだが、季語が入らなかったと述べている。

古さとや臍《ほぞ》の緒に泣《なく》としのくれ

この句は芭蕉の故郷、伊賀上野の実家に帰って詠んだ句である。久々に実家に帰り、自分の臍の緒を見つけ、生まれてから四十四年の歳月を経た流浪の身に、今は亡き父母の恩愛の情が偲ばれたのであろう。五七五の中に、古里、臍の緒、泣く、年の暮れの四語をつなぎ、芭蕉の四十四年の歳月を見事に凝縮している。年の暮れという季語がなんと利いていることか…。「臍の緒に泣《なく》」という重い表現に対して、ひらがなの「としのくれ」にはとても軽い儚さが感じられ、それらが「古里」と絡んで、流浪の身の芭蕉の心情を吐露してやまない句になっている。技巧をこらさず素直に芭蕉の思いを詠んだ句だと思う。

宵の年、空の名残をしまんと、酒飲夜ふかして、元日寝わすれたれば、

二日にもぬかりはせじな花の春

この句意は、大晦日の宵の空の名残を惜しもうと酒を飲み、夜更かしして元日は寝過ごし

てしまったので、二日にも抜かるようなことがないよう起きて初春の息吹を味わいたいというものである。

そしてこの章は次の二句で終っている。

初春

**春立《たち》てまだ九日の野山かな**

**枯芝やや丶陽炎の一二寸**

「春立て…」の句は、立春後まだ九日しか立っていない野山への感動を詠んだもので、まだ冬の姿を留めながらも、かすかに春の気配が感じられる野山の微妙な雰囲気を誰もが想像できるように表現した詩的な句。

「枯芝や…」の句も、冬の姿を留めている芝生にもかすかに陽炎が立っている早春の景を詠んだものである。「や」が三つ続く珍しい字配りであるが、三つ続いていることを感じさせない韻の響きがある。

両句に共通しているのは、数詞がとても利いているということである。他の数ではまったく駄目なくらいこの数詞を動かすことができない。数詞の使い方の見本のような句であるといえよう。

## 新大仏寺・伊勢

芭蕉は郷里伊賀上野から津に出る長尾峠の麓、阿波ノ庄にある俊乗上人の旧跡に出向いた。俊乗上人とは鎌倉時代の僧で東大寺を再建したことで有名である。原文を辿ろう。

伊賀国阿波ノ庄と云所に、俊乗上人の旧跡あり。護峰山新大仏寺とかや云名《いふ》ばかりは、千歳《ちとせ》のかたみとなりて、伽藍は破れて礎《いしずゑ》を残し、坊舎は絶《たえ》て田畑と名のかはり、丈六の尊像は苔のみどりに埋《うづも》れて、みぐしのみ現然とをがまれさせ給ふに、上人の御影はいまだ全くおはしまし侍るぞ、其代《そのよ》の名残うたがふ処なく、涙こぼるゝばかり也。石の蓮台・獅子の坐などは、蓬《よもぎ》・葎《むぐら》の上に堆《うづたか》く、双林の枯たる跡もまのあたりにこそおぼえられけれ。

丈六に陽炎高し石の上

故蝉吟公の庭にて

**さまざまの事おもひ出す桜かな**

この箇所は、かつて俊乗上人によって興隆した七箇所の道場の一つである新大仏寺の荒廃ぶりを見た芭蕉の感慨を述べたものである。一丈六尺の仏像は苔に埋まり御首だけが辛うじて拝めるような荒廃ぶりであったが、俊乗上人の像はまだ朽ちずにあり、創建当時の名残が感じられて、涙がこぼれるばかりであった。仏像の台座も高々と、まるで釈迦が入滅した時に枯れたという沙羅双樹をも偲ばれるような有様であったと述べている。

「丈六に…」の句は、一丈六尺もあるような陽炎が石の上に立っていると描写しているが、仏像が幻のように感じられたことを隠喩法として詠んだものであろう。

「さまざまの…」の句は、伊賀上野城主、藤堂良精の子、良忠の庭で詠んだ句。良忠は夭逝したが俳号を蝉吟といい、芭蕉がかつて仕えた主人である。芭蕉が俳諧に関与する縁となった人物だけに、この句は桜を見て湧いた芭蕉の気持を素直に詠んだものであろう。

次からは場所などの見出し毎に句だけが列挙されている。順に鑑賞していこう。

伊勢山田

何の木の花とはしらずにほひかな
裸にはまださきさらぎのあらし哉

「何に木の…」の句は、伊勢内宮を参拝しての句であるが、一般には、西行の「何事のおはしますかは知らねどもかたじけなさに涙こぼるゝ」の歌を踏まえて詠んだものと解釈されている。内宮の神前に跪くと、その清浄さから自然にこのように感じたのかもしれない。

「裸には…」の句は、平安時代の増賀上人という高僧が、伊勢神宮参拝の折に夢の示現を得て着衣を乞食に与え、裸で下向したという故事を踏まえて詠んだもので、裸になるにはまだ如月の嵐も寒いのによくもやったものだという思いと、自分なら到底できないという悟りの未熟さを詠んだものと取るべきであろう。

菩提山

**此山の悲しさ告よ野老《ところ》ほり**

菩提山とは伊勢度会郡朝熊山の西の尾で、ここに神宮寺がある。この寺の開祖は行基とされるが、芭蕉の時代には廃墟となっていた。この句はその山の悲しい転変の歴史を語って欲しいと野老掘りをしている老農夫に語りかけている句である。野老とは山野に自生する山芋に似た蔓草のことで、その根茎は苦みを抜けば食用になるという。野老ほりは俳諧味のある取合せといえよう。

竜尚舎

**物の名をまづとふ萩の若葉哉**

竜尚舎とは伊勢山田の神官で和学者。この句は、所によって物の名前が異なるが、萩の若葉はここ伊勢ではどう言うのですかと博識の和学者に問いかけて軽く打ち興じた句であろう。

網代民部雪堂に会

**梅の木になをやどり木や梅ノ花**

網代民部とは伊勢の神官、雪堂とはその息子。この雪堂に会って詠んだ挨拶句である。句意は梅の老木にさらに分身としてのやどり木のようにして梅の花が咲いている、まるで網代民部と雪堂のように…という意図であろう。

草庵会

**芋植て門は葎《むぐら》のわかばかな**

これは里芋の葉と門には葎の若葉が生い茂った、草庵会という俳席での吟行句と思われる。里芋には俳味があるといわれるのでこう詠んだのであろう。

## 子良の館・笠の落書

子良《こら》とは神宮に奉仕する少女のことだが、芭蕉はこの子良たちが住む館の裏にある梅を詠んでいる。原文はこうである。

神垣のうちに梅一本もなし。いかに故有ことにやと、神官などに尋侍れば、只何とはなし、おのづから梅一本もなくて、子良の館のうしろに一《ひと》もと侍るよしをかたり伝ふ。

お子良子の一もとゆかしうめの花
神垣やおもひもかけず涅槃像

内宮に梅の木が一本もないので、その訳を神官などに聞いてみたが、これといった訳はなく、子良の館の後ろに一本あると伝え聞いた。

「お子良子の…」の句は、子良の清いイメージに梅の花のすがすがしい香を重ねて詠んだものであろう。「一もとゆかし」という中七に、子良の館にだけある梅のゆかしさへの特別な思いが感じられる。

「神垣や…」の句は、外宮の館町で釈迦の涅槃像の画を見つけたことへの驚きを詠んだもの。当時の神官は仏事を忌み嫌ったようなので、仏画を見つけた芭蕉は「おもひもかけず」と詠んでいるのである。

次は吉野への旅立ちであるが、ここから芭蕉は大胆にも伊良湖で刑に服している杜国と合流して旅をするのである。原文に進もう。

やよひ半《なかば》過るほど、そゞろにうき立《たつ》心の花の、我を道びく枝折《しおり》と成て、芳野の花におもひ立んとするに、かのいら古《ご》崎にて契り置し人の、伊勢にて出むかひ、倶《とも》に旅ねのあはれをも見、且《かつ》はわが為に童子と成て、道のたよりにもならんと、みづから万菊丸と名を云《いふ》。まことにわらべらしき名のさまいと興あり。いでや門出のたはぶれごとせんと、笠の内に落書す。

乾坤無住同行二人

**よし野にて桜見せうぞ檜木笠《ひのき》**

**よし野にて我も見せうぞ檜木笠**

以上を現代文にするとこうであろうか。

陰暦三月も半ば過ぎの頃、なんとなく浮き立つ心の道しるべにすべく、吉野へ花見に出かけようと思い立ったが、その際伊良湖岬で密約を交わした人（杜国）を伊勢で出迎えた。共に旅寝の辛さも体験した彼は私のために侍童となって道中に仕えようとし、自ら万菊丸と名づけた。本当に童らしい名前で興味深いではないか。旅出の一興に笠の内側に落書をした。

その落書「乾坤無住同行二人」とは、「天地の間に定まった住まいもない同行二人」という意味。同行二人とは、この場合は芭蕉と杜国を指している。門出の「たはぶれごと」とは「戯《ざ》れごと」である。落書の次に載せた二句も「戯れごと」の一環であるとみなせる。

一句目の「よし野にて桜見せうぞ檜木笠」の句は芭蕉の句で、檜木笠に向かって吉野の桜を見せてやると言って浮かれている。

二句目の「よし野にて我も見せうぞ檜木笠」の句は杜国の句で、芭蕉の句に調子を合わせ、檜木笠に向かって私も見せてやるぞと言っている。

ここでの両者の浮かれようには、誰しも単なる師弟関係を超えた情愛さえ感じるのではなかろうか。

二句目は杜国の句であるのに、句の後に芭蕉は杜国の名前を記していない。『おくのほそ道』などでは曾良の作った句であれば、句の後に曾良と記している。秘した旅ゆえに杜国の名を意図的に伏せておきたかったのであろうが、ここでは「万菊丸」とも記していない。芭蕉はまるで杜国を我が身のように思っているからではないかとすら思いたくなる。この辺りが芭蕉と杜国は衆道（男色）の関係があったといわれる所以かもしれない。

## 初瀬・吉野

芭蕉と万菊丸（杜国）は伊勢から奈良に向かうが、疲れてもの憂い旅であったようだ。原文ではこう書いている。

旅の具おほきは道のさはりなりと、物みなはらひ捨たれども、夜の料にと紙衣ひとつ、合羽やうの物、硯、筆、紙、薬等、昼笥など物に包《つゝみ》て、うしろにせおひたれば、いとゞ臑《すね》よわく力なき身の、跡ざまにひかふるやうにて道なをすゝまず。只ものうき事のみ多し。

**草臥て宿かるころや藤の花**

旅の荷物が多いのは支障あるので、必要最小限のものに絞って背負ったが、もともと足が弱く力のない身では後ろの方に引かれるようで行程がはかどらず、ただもの憂いことばかりが多かったと書いている。ここに記された句は、終日の行脚に疲れ、そろそろ宿に入らねばならないと思っている時に藤の花が目に入ったので、その花に向かって草臥れた思いを嘆いたものであろう。切れ字の「や」がとても効いている。

はつ瀬

春の夜や籠人《こもりど》ゆかし堂のすみ
足駄《あしだ》はく僧も見えたり花の雨

これらは奈良県桜井市の初瀬観音がある長谷寺での二句。

一句目は、春の夜の薄暗いお堂の隅に、一人参籠している人に床しさを感じて詠んだ句。初瀬観音は恋の成就を祈願する所として知られていたことを考えると、「春の夜や」の上五には動かしがたい重みがある。籠って祈願している人の心にまで関心が延びる句である。

二句目は、春雨が降る桜の花の下を、足駄を履いて歩く僧の発見を詠んだ句。幽艶な桜と武骨な僧の対比が趣ある光景として鑑賞できる。

葛城山
猶見たし花にあけゆく神の顔

この句は奈良県と大阪府の県境にある葛城山の伝説を踏まえて詠んだ句。その昔、役の行者が葛城山と芳野山に橋を渡そうとして神々を集めた時、この山の祭神一言主神《ひとことぬしのかみ》は、自分の容貌が醜いことを恥じ、夜のみ出て働いたという。この句はその伝説を踏まえて、春の夜が桜の花とともに明けてゆく美しい夜明けに、容貌を恥じたという神のお顔を拝見したいものだと詠んだもの。「花にあけゆく神の顔」とは、何と美しい表現であろうか。謙虚な神のお顔はきっと美しいお顔だったに違いないという思いが溢れ出ている。

三輪・多武峰《たふのみね》・臍峠《ほぞたうげ》　多武峰から竜門へこえる道也。
雲雀《ひばり》より空にやすらふたふげかな

この句は、奈良県の三輪山、多武峰から竜門山へと越える途中の臍峠で詠んだもの。峠の位置が高いさまを「雲雀より空にやすらふ」と表現している。芭蕉にとって峠から見下ろす景色は、非日常的だったのであろう。

竜門

竜門の花や上戸《じょうご》の土産《つと》にせん
酒のみにかたらんかゝる滝の花

これらは竜門の山麓にある滝で詠んだ二句。一句目は、竜門の桜の花を一枝折って、酒好きな者への土産にしたいと興じたもの。切れ字「や」は花に語りかけているような軽みを感じる効果に響く。

二句目は、酒好きな者にここの滝に懸かるように咲いている桜の花の美しさを語ってやりたいというもの。「かゝる」が「斯かる」と「懸かる」に掛けて使われている句。これら二句はいずれも李白の酒好きを連想して詠んだものであろうといわれている。

西河

ほろほろと山ぶきちるか滝のおと

西河とは吉野大滝ともいわれる急流。この句は山吹の花が凄まじい滝の音の響きでほろほろと散るのだろうかというもの。「ほろほろ」という擬態語が効いた句である。

蜻蛉の滝、布留《ふる》の滝は宮より二十五丁山のおくなり。布引の滝、津の国幾田の川上にあり。大和箕面滝《みのおのたき》、勝尾寺《かちおでら》へこえる道にあり。

桜

さくら狩《がり》きどくや日々に五里六里
日は花に暮てさびしやあすならう
扇にて酒くむかげや散《ちる》さくら

一句目の「きどく」は「奇特」。二句目の「あすならう」は「翌檜」。三句目の「扇にて酒くむ」とは能狂言の所作のこと。いずれも句意と光景は分かりやすい。

苔の清水

春雨の木下につたふしみづかな

「春雨」は春の季語、「清水」は夏の季語だが、従来この句の季重なりはあまり問題にされていない。とくとくと湧き出る清水の清冽さが強いからであろうか。

# 高野・和歌の浦

芭蕉と万菊丸（杜国）は吉野から高野に向かう。原文ではこうである。

よし野の花に三日とゞまりて、明ぼのゝたそがれのけしきにむかひ、有明の月のあはれなるさまなど、心にせまり胸に満ちて、或は摂政公の詠《ながめ》にうばゝれ、西行の枝折《しをり》にまよひ、かの貞室がこれはこれはと打なぐりたるに、我いはんこと葉もなきて、いたづらに口を閉《とぢ》たる、いと口をし。思ひ立《たち》たる風流、いかめしく侍れども、こゝに至て無興《ぶきょう》のことなり。

これは吉野から高野に向かう道すがらの思いを述べた箇所で、現代文にすればこう意訳できると思う。

吉野に三日滞在した後、曙や黄昏の景色を見ながら、夜明けの空に残っている月に心を打たれたり、歌人としても聞こえた藤原良経公の歌に心を奪われたり、西行がまだ見ぬ花を求め歩いた道しるべの枝折を求めてさまよったりで、貞門俳諧の祖、松永貞徳の高弟安原貞室でさえ「これはこれは」と吉野の花に感動をぶちまけたのに、自分は何の吟詠もできず、悔しいことである。思い浮かぶ句はものものしいとはいえ、ここに至ってみると興ざめたものである。

次に高野での二句と、和歌の浦での一句を載せている。紀三井寺でも句を載せるつもりだったらしいが、本文では題のみで句は落ちている。

高野

父母《ちゝはゝ》のしきりに恋しきじの声

散花《ちるはな》にたぶさはづかし奥の院　万菊

和歌

行春に和哥《わか》の浦にて追付《おひつき》たり

紀《き》三井寺

高野での一句目は、雉の声を聞いていると、今は亡き父母がしきりに恋しくなってくるという句意で、高野の幽遠な杉木立にこだまする雉の鳴き声がリアルに伝わってくる雰囲気がする句である。

二句目は万菊丸の句で、「たぶさ」とは「髻」で髪を頭上で集め束ねた「もとどり」のこと。

奥の院の幽寂の佇まいの中ではらはら散る花が無常を感じさせ、髻を結った我が身が恥ずかしいという句意だが、それがかえって万菊丸の艶っぽさを偲ばせる句になっている。

　和歌の浦での句は、これまで散る花ばかり見て過ぎ去る春を感じてきたが、和歌の浦まで来て、ようやくその晩春に追いついたという句意である。和歌の浦にはまだ春の香がしたとも受け取れるが、この句のなんとも巧みなのは「行く春」を旅人のように例えて、「追付たり」と表現したことである。下五が字余りに「やっとの思いで追いついた」という思いへの効果さえ感じられる。過ぎ去っていくものは自然も人も同じだという芭蕉の諦観が見て取れる注目したい句である。

　紀三井寺では題だけで句が抜けているのは、芭蕉から草稿を受け取って「笈の小文」を編集した乙州の不手際かもしれない。


次は芭蕉の旅三昧の境地の吐露ともいうべき記述であり、原文はこうである。

　跪《くびす》はやぶれて西行にひとしく、天竜のわたしを思ひ、馬をかる時はいきまきし聖《ひじり》のこと心にうかぶ。山野海浜《さんやかいひん》の美景に造化のたくみを見、あるは無依《むえ》の道者の跡をしたひ、風情の人の実《まこと》をうかゞふ。猶栖《なほすみか》を去《さり》て器物のねがひなし。空手《くうしゅ》なれば途中のうれひもなし。寛歩駕《くわんぽかご》にかえ、晩食肉よりもあまし。泊るべき道にかぎりなく、立べき朝《あした》に時なし。只一日の願ひ二《ふたつ》のみ。こよひよき宿からん、草鞋の我足によろしきをもとめんとばかりは、いさゝかの思ひ也。時々気を転じ、日々に情をあらたむ。もしわづかに風雅ある人に出あひたる、よろこびかぎりなし。日頃は古めかし、かたくなゝりと、にくみ捨てたるほどの人も、辺土の道づれにかたりあひ、はにふ・葎《むぐら》のうちにて見出したるなど、瓦石の中に玉を拾ひ、泥中にこがねをえたる心地して、物にも書付《かきつけ》、人にもかたらんとおもふぞ、又これ旅のひとつなりかし。

以上を現代文で要約すればこうであろうか。

踵は傷だらけで、西行が天竜を渡った際に船頭に鞭打たれて頭から血を流したことや、馬を借りて落馬した上人のことなど、昔の人の旅の苦労が偲ばれる。山や海の自然の造化の巧みさに感動し、執着を捨てた修行者の跡を慕い、風雅な人の心情を思ってみる。住処も捨て何も持たないので道中盗まれる心配もない。駕籠をやめてゆっくり歩けば粗食でさえも肉より美味しいと思う。どれだけ歩いたら泊まるという計画もなく、翌朝何時に立とうという予定もない。ただ一日の願いは二つだけ。良い宿に恵まれることと草鞋が合うということのみ。時々は気分を転換し、日々新たな思いを持つ。もし少しでも風雅な人に出会えればこの上ない喜びである。日頃は古臭く頑なで憎たらしいほどの人でさえ、辺鄙な旅の道連れに語り合い、粗末な家でめぐり逢えば、瓦石の中で玉を拾い、泥中で金を得たような心地がして、物に書き付け、人にも語りたいと思う。これもまた旅の一興である。

更衣

**ひとつ脱《ぬい》でうしろにおひぬころもがへ**

**よし野出て布子《ぬのこ》売《うり》たしころもがへ**　万菊

一句目は芭蕉の句で、衣を脱いでも背負わなければならない旅の事情を詠んだ句。二句目は万菊丸の句で、吉野を出て着ていた木綿の綿入を売りさばいて身軽になりたいと詠んだ句。いずれも長旅でしか詠めない句の味がする。

## 奈良・須磨

奈良では旧暦四月八日の釈迦の誕生日に鹿が子を産むのを見て一句詠んでいる。

灌仏の日は、奈良にて爰《ここ》かしこ詣《まうで》侍るに、鹿の子をうむを見て、此《この》日においてをかしければ、

**灌仏の日に生れあふ鹿子《かのこ》かな**

灌仏の日とは釈迦の誕生日のことで、その日は釈迦の像を安置し、甘茶を灌ぎかけることからこの名前がある。芭蕉は釈迦の誕生日と同じ日に生まれ合わせた鹿の子の縁に心を動かされたのであろう。切れ字の「かな」が利いた句である。

招提寺鑑真和尚来朝の時、船中七十余度の難をしのぎ給ひ、御目の中《うち》汐風吹入《ふきいり》て、終《つひ》に御眼盲《おんめしひ》させ給ふ尊像を拝して、

**わか葉して御目のしづくぬぐはゞや**

この句は唐招提寺の開祖鑑真の像を見て、日本への渡航時に幾多の難に遭い、失明してまで仏教の布教に努めた鑑真への思いを詠んだもの。目が冴えるような若葉でせめて鑑真の目のしずくをぬぐってあげたいものだという句意だが、若葉の美しさと目の痛ましさを対比した表現に芭蕉の気持が出ているように思われる。目のしずくとは鑑真の無念の涙を像についていたしずくとを重ねて受け取れるよう工夫した表現になっている。

旧友に奈良にてわかる。

**鹿の角まづ一ふしのわかれかな**

旧友とは奈良で会った伊賀上野の門人窪田猿雖たちのことで、別れを鹿の角に例えて一句を詠んだ。鹿の角は春から夏にかけて脱落してまた新しい角が生えてくる。この句は初夏の鹿の角が生え変わる時期の最初の一節目の鹿の角の分かれ方を旧友と別れにかけて詠んだもの。角の「分かれ」と人との「別れ」を巧みにひらがなの「わかれ」と表現している。

大坂にてある人の許にて、

**燕子花《かきつばた》かたるも旅のひとつかな**

大坂のある人とは、当時大坂に在住していた伊賀の旧友一笑のことらしい。伊勢物語に東国に旅した業平が「かきつばた」の五文字を詠みこんで望郷の一首とした話があるが、たまたま旧友宅の庭に咲いていた杜若を見て挨拶句としてこう詠んだものであろう。

須磨

**月はあれど留守のやうなり須磨の夏**

月見ても物たらはずや須磨の夏

この二句は古来月の名所として有名な須磨に来て詠んだ句。訪ねてきた庵の主人が留守であったようで、その物足りない思いを夏の月の物足りなさにかけて詠んだもの。やはり月は秋の月に勝るものはないと言いたげである。

卯月《うづき》中頃の空も朧《おぼろ》に残りて、はかなきみじか夜の月もいとゞ艶《えん》なるに、山はわかばにくろみかゝりて、時鳥啼出づべき東雲《しのゝめ》も、海の方よりしらみそめたるに、上野とおぼしき所は、麦の穂なみあからみあひて、漁人《あま》の軒ちかきけしの花のたえゞゞえに見わたさる。

海士《あま》のかほまづみらるゝやけしの花

この一節は陰暦四月の夜明けの光景を述べたもの。春の趣をとどめた空には月が艶やかに残り、山は若葉が薄暗く、ほととぎすがまもなく鳴きだすであろう夜明けの空は海の方から白みはじめ、上野と思われる所は麦の穂波が赤らみあって、漁人の軒近くには芥子の花が所々に見渡されると述べ、一句を詠んだ。

この句は、夜が明けると最初に早起きの海人たちの顔が見られるという句意だが、下五に芥子の花を持ってくることによって、夜明けの浜辺の光景が着色され、海人たちの黒く日焼けした顔までが見えだしたとも取れる句である。早朝の海辺の静寂の中に、浜辺で暮す人々の日々の営みが始まろうとする瞬間を巧みに捉えて詠んだ句だと言えよう。

## 鉄拐が峰

鉄拐《てつかい》が峰とは現在の神戸市の西境、六甲山地の南西端の鉄拐山のことで、標高二三七メートル。北に鵯越、南東麓に一谷があって源平の古戦場として名高い。芭蕉はこの山に登りたくて道案内まで雇い、ついに頂上まで登った。

原文は読みにくいが、まず原文を辿ってから、後に現代文で意訳してみよう。

東須磨・西須磨・浜須磨と三処にわかれて、あながちに何わざするとも見えず。もしほたれつゝなど、哥にも聞え侍るも、今はかゝるわざするなども見えず。きすごと云魚《いふ》をあみして、真砂の上に干《ほし》ちらしけるを、烏飛来《からすとびきた》りてつかみさる。これをにくみて弓をもておどすぞ、海士《あま》のわざとも見えず。もし古戦場の余波《なごり》をとゞめてかゝる事をなすにやと、いとゞ罪深く、なを昔の恋しきまゝに、鉄蓋《てつかい》の峰にのぼらんとする。道びきする子のくるしがりて、とかくいひまぎらはすを、さまざまにすかして、梺《ふもと》の茶店にて物くらはすべきなどいひて、わりなき体《てい》に見えたり。かれは十六と云けん里の童子よりは、四ツばかりも弟なるべきを、数百丈の先達として、羊腸嶮岨《やうちやうけんそ》の岩根をはひのぼれば、すべり落ぬべきことあまたゝび也《なり》けるを、つゝじ・根笹にとりつき、息をきらし汗をひたして、漸《やうやう》雲門に入《いる》こそ、心許なき導師の力なりけらし。

東須磨・西須磨・浜須磨と三所に分かれてはいるが、とくにこれといった生業をしているとも見えない。「藻塩たれつつ」などと歌にも詠まれて知られてはいるけれども、今はそのような仕事をしているようには見えない。鱚《きす》を網で捕って砂浜に干してあるが、烏が飛んできてこれを掴んで逃げてゆく。これに弓を射て脅しているなどは海人のやることとは思えない。もしかしたら源平の戦の名残としてこのようなことをしているのかと、とても罪深く思えるが、他方では昔恋しい思いがして鉄蓋《てつかい》の峰（鉄拐が峰）に登ることにした。道案内の子が嫌がって、何のかんのと言い逃れをして行きたがらないのをなだめすかし、麓の茶屋で何か食べさせてやるからなどと言ったら、仕方ないとあきらめた様子であった。彼は義経を案内した「熊王」という十六歳の童子よりは四歳ばかり年下である筈であるが、長い道のりの案内人として曲がりくねった険しい山の道を、度々滑り落ちそうになりながらも、つつじや根笹を掴み、息を切らし汗を流しながら、漸く頂上に辿り着いたことを思えば、心細かったものの彼のお蔭であったといえよう。

以上のように述べてから、以下の四句を載せている。順に鑑賞していこう。

須磨の海士《あま》の矢先に啼《なく》やほとゝぎす

この句は前述の記載にもあった、海士が鳥を脅すために放った矢先の方で、ほととぎすが鳴いているという情景を詠んだものだが、「啼くや」は他の本には「啼くか」と書かれたものもある。「や」は切れ字というよりは「矢先に昔を偲んで啼いているのかほととぎすよ」という意味に取った方が趣あると思う。

時鳥《ほととぎす》きえゆく方《かた》や島ひとつ

この句はたぶん山頂で詠んだ句だと思われ、時鳥が消えてゆく彼方に島がひとつ浮かんでいるという句意であろう。この句の「や」の使い方は前句とは違い、「に」にしては出ない切れ字の効果が出ている。ほととぎすは何処に行くのだろうか、その方角には島が浮かんではいるが…といった情緒が感じられる。ほととぎすが歴史の彼方に消えてゆくとも取れるし、自分のことをほととぎすに託して詠んでいるとも取れる気がする。

**須磨寺やふかぬ笛きく木下闇《こした》**

須磨寺は平敦盛の「青葉の笛」と称する笛を寺宝としている須磨の名刹。この寺の生い茂った木々の下では、誰も吹いていないのに、この笛の音が聞こえてくるような気がする闇であるという句意である。敦盛は十六歳の若さで戦死したが、芭蕉が彼への哀惜の思いを句にしたのであろう。

明石夜泊

**蛸壺やはかなき夢を夏の月**

「笈の小文」の最後の句が明石でのこの句である。蛸壺に入っている蛸は、明朝には引き上げられる運命とは知らず、夏の月夜にはかない夢を描いているという句意だが、切れ字「や」にはかなさへの詠嘆の効果がよく出ている句である。明日をも知れぬ人生の哀れを客観視した句であるともとれよう。ユーモラスな表現の中に深い悲しみを湛えた芭蕉ならではの句といえる。

# 須磨懐古

まず原文を鑑賞し、あとで現代文に意訳しよう。

かゝる処の秋なりけりとかや、此浦《このうら》の実《まこと》は秋を宗《むね》とするなるべし。悲しさ淋しさいはんかたなく、秋なりせば、いさゝさかの心のはしをも云出《いひいづ》べきものをとおもふぞ、我心《わがしん》匠《しやう》の拙きを知らぬに似たり、淡路島手にとるやうに見えて、須磨・明石の海左右にわかる。呉楚東南のながめも斯《か》ゝる処にや。物しれる人の見侍らば、さまざまのさかひにも思ひなぞらふるべし。又、うしろの方《かた》に山を隔《へだて》て、田井の畑と云処、松風・村雨《むらさめ》の古里《ふるさと》といへり。尾上《をのへ》つゞき、丹波路へかよふ道あり。鉢伏《はちぶせ》のぞき・逆落《さかおとし》などおそろしき名のみ残《のこり》て、鐘掛松《かねかけまつ》より見下《おろ》すに、一の谷内裡《だいり》屋しき目の下に見ゆ。其代《そのよ》のみだれ、其時《その》のさわぎ、さながら心にうかび、俤《おもかげ》につどひて、二位の尼君、皇子《みこ》をいだきたてまつり、女院《にようゐん》の御裳《おんもすそ》に御足もたれ、船屋形にまろび入せ給ふみありさま、内侍《ないし》・局《つぼね》・女嬬《によじゆ》・曹子《ざうし》のたぐひ、さまざまの御《おん》調度もてあつかひ、琴・琵琶など、しとね・蒲団にくるみて船中になげ入《いれ》、供御《くご》はこぼれてうろくづの餌となり、櫛笥《くしげ》はみだれて海士《あま》の捨草となりつゝ、千歳《ちとせ》のかなしび此浦《この》にとゞまり、素波《しらなみ》の音さへ愁おほく侍るぞや。

須磨のことを源氏物語では、何処よりもあわれを感じるのは「このようなところの秋である」と述べているが、本当にこの海岸は秋が似合うところである。悲しさや淋しさは言いようもなく、秋であれば思うことの一端くらいは句などにして表現すべきだと思うが、それは自分の表現能力の拙さを弁えていないとみなせそうである。淡路島が手に取るように見え、一面に須磨・明石の海が見える。昔、杜甫が岳陽楼に登って叙した景色もこのようであったろうか。物知りの人が見ればさまざまなことが思い浮かぶことであろう。また後ろの方には山を隔てて、田井畑（現在の多井畑）の部落があるが、そこは在原行平の寵愛を受けたという海女の姉妹、松風と村雨の古里といわれる。峰伝いに丹波に通じる道がある。源平合戦で知られる鉢伏《はちぶせ》のぞきや逆落《さかおとし》などの恐ろしい名が残っている険しい坂を、義経が陣鐘を掛けたといわれる松の下に立って見下ろすと、一の谷の安徳天皇の屋敷跡が見え、当時の合戦の模様がやたらに想像され、情景が心に浮かんで来る。建礼門院の母（平清盛の妻）は幼い安徳天皇を抱き、建礼門院（安徳天皇の生母）は着物の裾に足をもつれさせながら船上に作った屋舎に倒れるようにお入りなさるありさま。内侍・局・女嬬・曹子などのお付きの者たちはさまざまな調度品の処置に困り果て、琴・琵琶などは敷物や蒲団に包んで船内に投げ込み、天皇の召し上がりものはこぼれて魚の餌になる。化粧道具の入れ物などは海士が捨て去って顧みない藻草と同様、乱れ散って海に消える。これらの様は千年経っても消えない深い悲しみとしてこの浦に留まり、白波の音にさえ愁いが多く含まれていると感じられてならない。

『笈の小文』はこの須磨での懐古文で終っている。

# 第六章　更科紀行

## 姥捨山

『笈の小文』の旅の後、芭蕉は京都、近江、美濃を経て尾張に出た。尾張でしばらく滞在した後、ここからは越人を伴って木曽路をたどり、更科の月を鑑賞して江戸に帰った。この尾張以降の紀行文が「更科紀行」である。陰暦の八月十日頃から月末までの約二十日間の旅で、その紀行文の構成は『鹿島紀行』と類似しており、紀行文に力を入れて、吟詠はすべて末尾に配置されている。

まず紀行文の出だしを現代文に意訳してみよう。

さらしなの里姨捨山とは、現在の長野県北部更埴市西南の山。古来、姨捨伝説の地で、観月の名所として知られている。この山の月を見ることを、しきりに勧めるかのように吹く秋風に心が動いて、自分と共にさすらいの旅をしたがってやまない者が一人いる。その名を越人という。彼は北陸出身の者で、名古屋に出てきて杜国の扶助を受けながら芭蕉門下に入り、後に芭蕉十哲の一人に数えられるに至った人物。木曽路は山深く、道は険しいので、どうやって旅をするつもりなのか心配だと言って、尾張の藩士で医者の家兮子が下男に送らせた。皆が厚意を尽してくれたと言っても、お互いに宿場や旅路のことはよく分からないようで、共に不安になり、物事の順序を間違えてばかりいるのも、なかなか変なものである。何とかいうところで六十歳くらいの仏道修行の僧に会った。面白そうでもおかしそうでもなく、ただむっつりと無愛想な僧であるが、腰が折れ曲がるほどに物を負い、息は激しく、足はせかせかと歩いて来るのを見て、越人や下男が憐れに思い、肩にかけた自分たちの荷物を、その僧の負っていた荷物と一つ束ねて馬につけ、自分（芭蕉）をその上に乗せた。

この文章から芭蕉が見送りの者たちからどのように見られていたか、また同行者からもどのように見られていたかが分かって面白い。芭蕉自身の歩き振りもはかばかしくなかったようである。

次に紀行文の中程の部分を現代文にして鑑賞してみよう。

高い山や珍しい形の峰が頭上を覆い被さるようなところで、左側には大河が流れ、岩の下は千尋もあるかと思われるほどで、しかもほんの僅かの平地さえもないので、馬上は穏やかではなく、しきりに危ない思いがする。桟橋・寝覚など過ぎて、猿が馬場・立峠などは四十八曲りとか九十九折が重なって、まるで空を歩いている心地である。徒歩で行く者さえ目がくらみ肝を冷やし、足が定まらないのに、連れの下男は少しも恐ろしがっている気配ではなく、馬上で居眠りばかりして何度も落ちそうになっていたが、後から思えば危ない限りであった。仏の心に映る衆生の浮世もこんなものかと思う。無常迅速で波乱に富んだ人生もわが身に照らして考えてみれば、阿波の鳴戸の渦潮さえもたいしたことでないように感じられる。

このように芭蕉は旅の描写をしている。当時の木曽路の旅は辛かったであろうが、その風景をやや誇張して描写し、僧とか下男を面白おかしく描写すると共に、自分自身も客観視して楽しんでいるような感じがする文章である。芭蕉は次第に旅が好きになっていったのではなかろうか。更科紀行を終えて江戸に戻った芭蕉は、その翌年に江戸に戻らぬ決意をして『おくのほそ道』の旅に出ているのである。

## 木曽のかけはし

『更科紀行』の紀行文の終りの部分を、現代文で鑑賞しよう。

夜は宿を求めて泊まり、昼のうちに思い浮かんだままになっている句などを、墨壺の筒から筆を取り出して、灯りの下で目を閉じ、推敲に頭を痛めていると、旅の途中で出会った例の僧が、わたしが旅のことで物思いに沈んでいるのかと慰めようとしてくれるではないか。彼が若い頃に巡礼して廻った土地や、阿弥陀如来の尊さなどをとめどなく話したり、不思議に思ったことなどを話し続けるので、風情の妨げとなって、一句もまとめ上げることができない。こんな状況なので気づかなかったが、いつのまにか月の光が壁の破れから木の間がくれに差し込んでいるし、田畑の鳴子の音や、鹿を追う声なども時々聞えてくる。心底悲しい秋の情緒がここに極まった感じがする。宿の主人に「酒を振舞いたいから来るように」と言ったら盃を持って来た。普通の盃より一回り大きい上に、野暮くさい蒔絵模様がついている。都の人ならこのようなものは風情なしとして手にも触れないけれど、意外に興に入って立派で美しいものに見えるのも所柄のせいであろう。

この文章で旅の宿での芭蕉の過ごし方の一端を垣間見ることができる。これに続いて四句が載せられているが、一句ずつ鑑賞していくとしよう。

あの中に蒔絵書たし宿の月

この句は、宿の盃に描いてあった蒔絵から連想し、満月に蒔絵を描きたいものだという句意である。座興の句といえようか。

かけはしやいのちをからむ蔦かづら

この句は、木曾のかけはしに命いっぱいに絡まっている蔦かづらを見て、かけはしを渡る人も命がけであることを詠んだものである。中七の「いのちをからむ」という表現が光る。

かけはしやまづおもひ出駒《いづ》むかひ

この句の「駒むかひ」とは、旧暦八月十五日に諸国から朝廷に馬を献じる行事があったが、朝廷側の使いが、近江の逢坂関までその馬を迎えに行ったことに因む名前である。

この句は、迎えを受ける馬もこの木曾のかけはしを怖ろしい思いで渡って行ったことであろうという感慨を詠んだもの。写生句ではないが現在の景から過去を追想することによって、不易流行のうちの不易なものを強調した句であるといえよう。

霧はれて桟《かけはし》は目もふさがれず　越人

この句は、霧が晴れたら桟からは谷底まで見えるようになって、危なくて一瞬も目をふさぐわけにはいかないという句意。越人が詠んだ句だがやや説明的な句である。

# 月見

『更科紀行』は以下の九句を掲載して終わっている。

**俤《おもかげ》や姥ひとり泣《なく》月の友**

この句は、姥捨山の月を見ていると昔捨てられて泣いている姥の面影が偲ばれ、その面影が月の友に思えるという句意である。切れ字を使った上五は芭蕉の想像した姥の面影への思いだが、中七と下五はその悲しげな面影を今夜の芭蕉の月見の友にしようという芭蕉の感傷を詠んだものと取れる。切れ字「や」は切れて切れない絶妙の効果となっている。

**いざよひもまだ更科の郡かな**

この句は、十六夜になってもまだ更科の里にいるという句意だが、あまりいい月なので十六夜の月になってもまだ去りたくないという意味を更科の文字にかけて詠んでいるとも取れよう。

**更科や三よさの月見雲もなし**

この句は、月見の名所「更科」で、三夜とも雲のない月見を堪能できたという句意である。上五の「更科や」には「去りがたいところだ」という感慨が感じられる。

**ひょろひょろと猶露けしやをみなへし**

この句は、ひょろひょろと伸びた女郎花がたっぷり露を帯びて弱々しい様を詠んだものだが、心細い芭蕉の旅寝の心境を女郎花に重ねて詠んだものとも取れる。

**身にしみて大根からし秋の凩**

この句も、木曾の「からみ大根」の辛さを秋風に身を晒しながら旅をする芭蕉の心境に絡めて詠んだものと解釈できる。「身にしむ」は秋の季語、「大根」は冬の季語であるが、「大根からし秋の凩」と詠むと違和感がない。まさに晩秋を歩く旅人の辛苦を表現した句であるといえよう。

**木曾の橡《とち》うき世の人の土産かな**

この句は、木曾を浮世離れした深山とみなし、そこに落ちている橡の実が浮世に住む人への土産になるという思いを詠んだものである。自然界に落ちている実を土産にと考える芭蕉の風流感覚が味わえて面白い。

送られつおくりつはては木曾の秋

この句はとてもいいリフレインのリズムの句で、旅に生きる芭蕉の心境がよく出ていると思う。芭蕉は自分の旅の行き着いたところを「木曾の秋」と表現している。芭蕉はいつの間にか浮世離れした深山の秋の真ん中にいる自分に気づいたのである。哀れさを漂わせながらも、それが芭蕉の願いでもあったのではなかろうか。自分で自分を慰めているような句である。

善光寺
月影や四門四宗も只ひとつ

この句は、善光寺には仏教の四門四宗の宗派があるが、帰するところは真如の月のように只一つであるという芭蕉の思いを述べたものである。禅を学んだ芭蕉らしい見解の句として注目される。

吹き飛ばす石は浅間の野分かな

この句は、野分の強さを表すのに、浅間山の噴石をも吹き飛ばすようだと表現した句である。浅間山の噴石は軽石が多いといわれるが、それを吹き飛ばす勢いの野分だという句意である。この句にはかなり推敲された形跡があるといわれる。上五を「吹き飛ばされる」とはしなかったのは主体を石にではなく、野分におきたかったからで、「浅間の石でさえ吹き飛ばす野分だ」という強調を巧に表現した句に仕上げているといえよう。

『更科紀行』はこの句で終わっている。

芭蕉はこの旅を終えて、貞享五年（一六八八）、九月に江戸の芭蕉庵に帰り、翌年三月、四十六歳にして『おくのほそ道』の旅に出るのである。

第七章

# おくのほそ道

# 序文

『おくのほそ道』の旅は『更科紀行』の旅の疲れも十分癒されない内に決行された。芭蕉には迫ってくる思いがあったのであろうか。これまでの旅とは違い、もう江戸には戻って来ないつもりで旅に出た。芭蕉は門人たちの寄進で贈られた草庵をも売り払い、旅費に当てたという。芭蕉の胸中には何があったのであろうか。第三章でも旅の動機に触れたが、根本の動機は『おくのほそ道』の序文に表れているとも思える。まず原文のまま鑑賞してみよう。

月日は百代の過客にして、行かふ年も又旅人也。舟の上に生涯をうかべ馬の口をとらえて老をむかふる物は、日々旅にして、旅を栖《すみか》とす。古人も多く旅に死せるあり。予もいづれの年よりか、片雲の風にさそはれて、漂泊の思ひやまず、海浜にさすらへ、去年の秋江上の破屋に蜘の古巣をはらひて、やや年も暮れ、春立《たて》る霞の空に、白川の関こえんと、そぞろ神の物につきて心をくるはせ、道祖神のまねきにあひて、取《とる》もの手につかず、もも引の破《やぶれ》をつづり、笠の緒付《つけ》かえて、三里に灸すゆるより、松島の月先《まづ》心にかかりて、住《すめ》る方は人に譲り、杉風が別墅《べっしょ》に移るに、

## 草の戸も住替る代ぞひなの家

面《おもて》八句を庵の柱に懸置《かくおく》。

この名文は李白の「夫《それ》天地ハ万物ノ逆旅（宿屋）ニシテ、光陰（月日）ハ百代ノ過客（旅人）ナリ」の一節を踏まえて書かれたものといわれる。芭蕉は中国の李白、杜甫、日本の西行や宗祇など、旅の詩人に憧れの気持を持っていたのであろう。しかし憧れだけで名声や家を捨てて旅に出られるものであろうか。当時の芭蕉の心境を知るには、生い立ちと生きざまの事実を辿って類推するしかない。

掲句は「草庵にも雛を飾ってくれるような人と住み替わる時節が来た」という意味であろう。諸行無常の流転の世を詠んでいる句と捉えてもいい。しかしこの句には、流転の世を越えた位置から見つめている芭蕉の眼が感じられてならない。『おくのほそ道』の特徴は「不易流行」といわれるが、それはすでにこの句に表れているのではあるまいか。もう戻らない覚悟の旅は、やはりこれまでの旅とは違う句を生み出していくのかもしれない。

この句は連句百韻の最初の八句を一枚に書き付け柱に懸けたもので、芭蕉が居なくなった後も誰かが続けてくれてもいい配慮から残した挨拶句と捉えるべきであろう。芭蕉は八句の内この句だけを『おくのほそ道』に載せている。

## 旅立ち

芭蕉は三月二十七日（新暦五月十六日）早朝、奥州を目指し江戸深川を出発した。その時の光景を芭蕉の原文にできるだけ忠実に現代文にするとこうである。

春も末の三月二十七日（新暦五月十六日）、曙の空はほんのり霞み、有明の月の薄らいだ彼方から、富士の峰が幽かに見えて、上野・谷中の花の梢はまたいつ見られることかと心細い。親しい人たちは前夜から集まって、舟に乗って送ってくれる。千住というところで舟をあがれば、前途三千里の思いが胸に塞がって、幻の巷に別れの涙を注ぐ。

**行春や鳥啼《なき》魚の目は泪**

これを旅の第一句としたが、行く道末だはかどらず。人々は途中に立ち並んで、後姿が見えるまではと、見送るつもりらしい。

この句は旅に出る芭蕉と見送る人々との別れを惜しむ句であるが、そのことに直接触れず、鳥や魚が春を惜しんでいる比喩として表現している。これが芭蕉の洗練された作句力というものだ。芭蕉の文学的表現法の基本がこの句に示されていると思う。

言いたいことを直接言おうとしても、主観的なことは生い立ちの違う受け手にはどうしても完全に伝達されない。だから芭蕉は言いたいことを直接言わず、その周りのことを詠むことによって言いたいことを浮きあがらせる手法を採っている。そうすることによって芭蕉の別れの思いは、春を惜しんで鳴く鳥の声や哀愁を帯びて泣いているように見える魚の目と同じであると比喩しているのである。受け手は芭蕉の別れの思いは想像できなくても、春を惜しむ鳥や魚の思いは共感できるので、こう詠まれると結果的に芭蕉の別れの思いが想像できるのである。主観の客観描写法である。

この句の表現には杜甫などの漢詩の影響があるといわれるが、深川の芭蕉庵を提供した門人の杉風《さんぷう》は魚屋を営んでいたし、奥州街道最初の宿場町千住まで舟で来たことや、当時の千住が魚市などで賑わっていたことも考えると、「魚の目は泪」という表現は写実描写だったのかもしれない。

なお「前途三千里」とは「この先非常に遠い」ことを表す漢詩文の慣用句で、実際の「おくのほそ道」の旅は六百里（二四〇〇キロメートル）、五ヶ月の旅であった。

芭蕉は「おくのほそ道」の旅に門人の曾良を同行させている。武士上がりで体格のよい曾良は当時四十一歳。芭蕉は旅の目的を「西行の歌枕を訪ねる」としたが、曾良は神社仏閣にも詳しかったらしい。しかも几帳面な性格だったようで、随行中『曾良旅日記』を書いた。これが昭和十八年七月に初めて世に出たことにより、『おくのほそ道』の研究が飛躍的に深まったといわれる。芭蕉の記述は、日付など、ところどころが「曾良旅日記」と食い違っている。芭蕉は『おくのほそ道』を単なる旅行記ではなく、文学作品として事実を脚色して作ったと考えられる。このことがはっきりしたのもその研究成果の一つである。

『曾良旅日記』では出発の日は芭蕉が書いている日より一日早く、千住で見送りに来た門人たちと一泊したらしい。「行く道未だはかどらず」と書きながらも芭蕉は一泊したことを伏せて書いているように思われる。別れを惜しむのあまり一泊するということは、文学的に美しくないと思ったからであろうか。このあたりに芭蕉の文学への拘りとしたたかさを見る思いがする。芭蕉は「おくのほそ道」の旅を終えてから五年間も推敲を続け、死去した年の一六九四年に完成させている。これは尋常な拘り方ではないことを示している。

芭蕉のこのようなしたたかな行動のせいか、「おくのほそ道」の旅は徳川光圀（水戸黄門）

の密かな命を帯びた忍者としての旅であったとする異説を生んでいる。この説は芭蕉の生まれが忍者で有名な伊賀上野であることや、江戸の大火で焼けた小石川の水戸徳川家の防火用水として、神田川から分水する水道引き込み工事を芭蕉がやったことにも根拠を置いている。「おくのほそ道」は「みちのく」つまり「道の奥」のことで、当時の北の果ては辺地であった。なぜそんな辺地に旅をする必要があるのか。表向きは「西行の歌枕を訪ねる」としているが、きっと徳川光圀の密かな命を帯びた旅であったに違いないと異説は主張する。

かねてから徳川光圀は蝦夷（北海道）に興味を持っていた。関が原の合戦で中立を守った佐竹義宣が常陸の国から秋田に領地替えになり、代わりに常陸の国に治まった徳川光圀だったが、領民は未だに佐竹氏を慕っていたので、この際佐竹氏を呼び寄せ、自分は蝦夷に移り住もうという魂胆を持っていた。芭蕉は佐竹氏にこの意図を密かに打診する命を受けて旅に出た。これが異説のいう芭蕉の旅の目的である。

戦国時代以来、俳諧師は招かれて各大名を渡り歩いたから、諸国の情報を豊富に持っていた。だから俳諧師が忍者と見られることは珍しいことではなかったから、芭蕉にも異説が生まれるのも頷けることではある。

しかし芭蕉の旅はこんな政治的な目的ではなく、芭蕉の半生を辿ると、やはり人生どう生きるべきかを探る旅を古人に倣ってしたかったのではないかと思われる。こういう異説は、ひたすら求道的で修行僧のように思われがちの芭蕉にも、なかなかしたたかな一面があったことを示すものとして受け取るべきであろう。

ここまでの記述では芭蕉は曾良が同行していることを明らかにしていない。これも「おくのほそ道」を旅行記ではなく、文学的作品と捉えた芭蕉の思いからであろうか。芭蕉は自分のいのちが消えても、消えない何かを文学作品の中に残したかったのであろう。自身では何も残さなかった釈迦やイエス・キリストに比べ、芭蕉は大欲を持った人物であったともいえる。やはり芭蕉は宗教家ではなく偉大なる芸術家であったのであろう。

## 日光までの道中

芭蕉は千住から日光までの道のりを三泊四日で歩いている。「曾良旅日記」によれば、一泊目は粕壁、二泊目は間々田、三泊目は鹿沼。それぞれ一日に三十六キロメートル（九里）相当を歩いていることになる。ところが芭蕉は一泊目を粕壁より十七キロメートル手前の草加だと記述している。これは作品として旅の辛さを強調したかったのだろうと解釈されている。

芭蕉の原文を現代文にするとこうである。

今年はたしか元禄二年（一六八九）、西行五百年忌の年にふと、奥羽長旅の行脚を思い立ち、呉国の旅で白髪になった古人と同じ後悔をするとしても、聞いているだけでまだ目にしていない所には行って生きて帰れればと、当てにはできぬ期待にすがって、その日はようやく草加という宿にたどり着いた。やせて骨ばった肩の荷物に先ず苦しむ。身一つの旅のつもりが、夜寒を防ぐ紙子、浴衣・雨具・墨・筆の類、それに断りきれなかった餞別などの類はさすがに捨てるわけにはいかず、道中煩わしいが致し方ない。

芭蕉には疝気（腹痛発作）と痔の持病があったといわれる。そんな事情からも旅の難儀さを初日のここで強調しておきたかったのかもしれない。芭蕉は作品を書く工夫にも長けていたが、年齢にしては足も達者だったようだ。

芭蕉は二泊目を間々田でしたことには触れず、三日目に参拝した室の八島の謂れを、曾良が語ったこととして書き留め、曾良が同行していることをここで初めて明かしている。室の八島の謂れというのはこうである。

この神社の祭神は木の花さくや姫。ににぎの尊《みこと》と結婚、一夜にして身ごもったため不貞の疑いをかけられた。姫は身の潔白を明かすため、密閉された室に入って火を放ち、誓いの中で無事山幸彦こと火々出見尊《ほほでみのみこと》を出産した。ここをかまどの神と同じ名「室の八島」というのも、ここで煙に因んだ歌を詠む習わしがあるのも、この謂れからである。またこの土地では「このしろ」という魚を食べることを禁じている。昔、国の守《かみ》に召されたが、それを嫌った娘がいた。親は「子の代《しろ》」にこの魚を焼いて死臭と思わせ、娘が既にこの世にいないと言って難を逃れた。これが世に伝わる「このしろ縁起」である。

作品の内容に拘る芭蕉が、なぜこのような謂れを書き残したのであろうか。この謂れはいずれも人間社会の性にまつわる悲劇である。芭蕉はこのような悲劇に心が動いたから書き残したに違いない。なぜ心が動いたのか。やはり甥の桃印の事件を体験していたからであろうか。芭蕉は人間の奥にある醜さにつくづく嫌気がしていたが、ここでその醜さが古来からのものであったことを知り、ため息をついたのではなかろうか。

芭蕉の脚本の鮮やかさは、次にこの醜さと正反対の感慨を抱く人物を登場させていることから感じ取れる。その人物の名は仏五左衛門である。

芭蕉は日光山に参拝する前日の旧暦三月三十日に日光山の麓に泊まったと書いている。その宿のあるじがこう言った。「私の名は仏五左衛門と申します。何事も正直を旨とするゆえに人はかように呼びます。なんのお構いもできませんが、今宵一夜はご安心なさっておくつろぎください」これを聞いた芭蕉はこう述懐している。

いかなる仏が濁世塵土に現れて、このような僧姿の乞食巡礼のごとき人をお助けくださるのかと、あるじのなすことを観察してみると、ただ無智無分別にして正直偏固の者である。

論語に「剛毅木訥は仁の徳に近い」とあるが、生まれつき清らかな資質はもっとも尊ぶべきものである。

芭蕉のこの述懐は、古来から続く人間の業の深さに対し、生まれつき清らかな資質の人間は、たとえ愚直で頑固一徹であっても尊ぶべきものだという、芭蕉の体験を通して痛感した思いであろうと思われる。

『曾良旅日記』によれば、この宿には四月一日、日光山を参拝した後に泊まっている。しかし芭蕉は、日光山参拝の前に「室の八島」で人間の醜さと悲劇を、そして「仏五左衛門」で人間の清さを描いてみせたのである。

芭蕉は日光山参拝に特別の思い入れがあったようだ。日光山参拝の前日は元禄二年三月二十九日であった。曾良はその日を三月二十九日と書き残しているが、芭蕉は三十日《みそか》と書いている。当時の暦では元禄二年三月は小の月で三月は二十九日までしかない。芭蕉は三月末を三十日《みそか》と表現して、日光山参拝の日は四月一日であることを強調したかったようだ。当時は四月一日（新暦五月十九日）が綿入れなど脱ぎ捨てる「衣更え」であった。『おくのほそ道』の旅への出発の日も、日光山参拝がこの日になることをターゲットにして決めたように思われる。

## 日光山

芭蕉の日光に対する描写は空海大師を称えているようでもあり、徳川幕府の威光を称えているようでもある。現代文にしてみよう。

四月一日、御山（日光山）に参拝。その昔、この御山を「二荒山《ふたらさん》」と書いたのを、空海大師がお開きになった時、「日光」と改められた。遠い未来を予見されていたのであろうか、今この御光は天下に輝いて、その恩恵は八方に溢れ、士農工商のすべての民は穏やかに安堵の暮らしをしている。これ以上の多言は畏れ多いので筆をおくことにする。

**あらたうと青葉若葉の日の光**

日光山は今の日光市の男体山と女峰山を含む火山群。観世音菩薩が住むという「補陀落山《ふだらくさん》」と比較され、昔は「二荒山《ふたらさん》」と書かれていたが、のちに「二荒」を「日光」と名づけられたという。芭蕉はこのことに触れ、空海が「日光」と改めたのは先見の明があったと言っているのである。

芭蕉の期待に反し、日光山参拝当日の四月一日は小雨がぱらつく曇天であった。『曾良旅日記』によると雨が止んでから参拝したようだ。曾良の『俳諧書留』の記録によれば、この句は初め次の句であった。おそらく当日作った原句であろう。

**あなたふと木の下暗《やみ》も日の光**

翌二日は快晴であった。四月二日は新暦の五月二十日である。芭蕉は新緑に輝く日光山を見て推敲し手直しをしたようだ。推敲前の原句の下五「日の光」は「日ノ本」で、徳川幕府のご威光であるニュアンスが強い。だから上五は「あな」という感動詞と「たふと（尊）」という形容詞の語幹を持ってきて、「ああ尊いものよ」という意味にしている。ところが推敲後の掲句では、中七を「青葉若葉の」と表現したので、下五の「日の光」は太陽の光のニュアンスが強くなった。そこで上五の感動詞を「あな」から「あら」に変え、「現す」という動詞の語幹「あら」にかけて「ああ尊さが現れている」という意味を付加したのであろうか。それとも「新た」という形容動詞の語幹「あら」をかけ「ああ新たで尊い」という意味にしたのであろうか。どうも前者のように思われるが、後者であっても青葉若葉は新しいに決まっているので、「新たで尊い」のは日光のご威光のことになる。芭蕉の前文も含めて解釈すると、結局芭蕉は詠みたい日光の政治的ご威光は直接詠まずに、自然を比喩として詠むことによってご威光の偉大さを読者に伝達しているのである。この手法は文芸の基本として学ぶべきものであろう。

なお、上五の形容詞の語幹「尊」が、「たふと」から「たうと」に変わっているのは仮名遣いの不注意によるものと思われる。芭蕉の文章には旧仮名遣いの用法に誤りが多い。このことからも芭蕉の基礎教育が十分でなかったことが窺える。

「黒髪山（日光山の主峰、男体山の別称）は霞かかりて雪いまだ白し」と書いて、芭蕉は曾良の次の句を載せている。

剃捨《そりすて》て黒髪山に衣更《ころもがへ》　曾良

芭蕉はここで、曾良が武家の家柄であること、江戸の芭蕉庵近くに住んで炊事などして自分を助けてくれたこと、今度の旅で松島・象潟を共に眺められるのを喜び、難儀な旅を労ろうと、旅立ちの早朝、頭を剃って墨染めの衣に着替え、名まで惣五郎から宗悟に変えたことを紹介し、「よって黒髪山の句があり、衣更の二字、力ありてきこゆ」と書いている。

青葉若葉、霞に浮かぶ残雪、黒髪を剃ったあとの青さ、衣更など、初夏の爽やかさを色彩表現によって目に浮かぶように描写する手法や、さらには「日光」の偉大さ・尊さを「日の光」などの言葉で伝達する手法は、さすが芭蕉だと唸らされる。句だけ卓越していたのではなく、芭蕉はこうした情景や事情の表現にも卓越していたと思われる。

日光での二日目は仏五左衛門の宿を出て、約二・二キロメートル山に登ったところにある裏見の滝を見ている。そこは「岩洞の頂きから投げ出された水流が百尺（約三十メートル）下のごつごつした岩の滝壺に落ちていた。岩窟に身をひそめて入り、滝を裏から見るので、裏見の滝と言い伝えられている」と書き、次の句を載せている。

暫時《しばらく》は滝に籠るや夏《げ》の初

この句は自らの行為を僧がやる夏安居《げあんご》の修行と見立てている。初夏の滝の洞に身を置いて、とても清々しい思いがしたのであろう。このままじっとして、これからの旅のことや人生の行方に思いを馳せたかったに違いないと思わせる句である。

## 那　須（竪題・横題）

日光を後にした芭蕉と曾良は知人のいる那須の黒羽を目指した。那須野の遥か向こうに村が見えたので近道して行ったが、途中で雨に降られ日が暮れてしまった。しかたなく農家に泊めてもらい、夜が明けるとまた野中の道を歩いた。途中野飼いの馬を見つけたところで草を刈っている男に道を聞いたら、こう言った。

「どうしたものかなあ。この野は縦横に分かれていて、不案内の旅人じゃあ道を間違うに違いない。この馬に乗って行くがいいさ。馬が立ち止まったところで馬を返してくれればそれでいいから」

そして馬を貸してくれた。芭蕉は「野夫といえども、さすがに情け知らずには非ず」と書いている。馬に乗って行くと小さい子供二人が馬の後をついて来た。一人はかわいい小娘で名を聞くと「かさね」という。聞いたことのないやさしい名前なので曾良はこう詠んだ。

かさねとは八重撫子の名成《なる》べし　曾良

「やがて人里に着いてから、駄賃を鞍つぼに結んで馬を返した」とある。当時の旅の様子が生き生きと描写されている。芭蕉にとって苦しい旅の中で和んで光るように感じた一場面であったのであろう。

この句は曾良の主観句であり、句の前にこの句に関連する叙述がないと理解できない。句は独立して鑑賞できる句であることが原則であるが、このような紀行文などに伴った句も味わい深いものである。受け手に作者の思いを伝達するという目的にはかなうので、このような叙述文と抱きあわせた句のあり方もあってはいいのではないかと思う。

さてこの句の季語はどうであろうか。「撫子」は季語であっても「撫子の名」では季語にならないという考え方もあろう。

そもそも俳句になぜ季語が必要なのであろうか。子規の門弟内藤鳴雪は明治四十年にその著『老梅居俳句問答』の中で次の趣旨のことを言っている。

「なぜ俳句に季の景物を加える必要があるかといえば、春夏秋冬はそれぞれ格段の景物を有し、吾らはそれを見聞しているゆえに、その季のある景物を聞けばたちまちその季における周囲の気候やその他の景物までを連想するものである。従って俳句に一の景物を加えることはあまたの景物を加えることと殆ど同じ結果になる次第であるから、短詩形の俳句においてはもっとも便利で、俳句の生命の大部分を支配していると言っても差し支えない」

では芭蕉の時代には季語はどう扱われていたであろうか。芭蕉の時代には季語は「季」「季詞」「季の題」「題」などと呼ばれていた。芭蕉登場以前の句はもっぱら「題」が与えられて笑いの句を作るという、いわゆる「題詠」であった。季語は「季題」と呼ばれることが、一番実情に即していた。

芭蕉の門弟其角は、一六九四年に出した『句兄弟』の中で「題」には「竪題」と「横題」があるとして説明している。「竪題」とは、月・雪・花・時鳥・鷹・鶯・鹿・紅葉など、いわゆる伝統の和歌の連歌の季題である。これに対して「横題」とは踊・角力・ゑびす講・餅つき・煤払、花では木槿（むくげ）等、いわゆる俳諧の連歌の季題である。「竪題」は風流の俳句を目指し、「横題」は自由な詠み方の中に「洒落」の句を目指すと説いている。芭蕉の門人たちは、芭蕉の時代には「横題」がやたらに増え、みだりに題ならぬものを作って芭蕉流とする人がいると嘆いている。

俳諧は伝統の和歌の連歌と形式は同じであるが、その内容は伝統の桎梏から解放された自由な「笑い」と「俗」を含んだものであった。俳諧の「俳」という字の語源は「人が右と左にわかれてかけあいの芸をする人」という意味である。今日では俳句は高尚なものであるかのように誤解される嫌いがあるが、本来は「俗」であることが俳句の真骨頂なのである。

芭蕉も俳諧で名が売れ出した頃は「俗」なる句をたくさん作った。だが旅に出るようになってから和歌の連歌の本意の句を「俳諧として詠む」ことを目指したように思われる。「俗」なる俳諧を「聖」なる俳諧に方向転換させたのが芭蕉の功績であり、「蕉風」と言われるようになった「蕉門派」俳諧の真骨頂だといえる。

前述の「かさねとは八重撫子の名成べし」の句に戻ろう。撫子は大和撫子ともいわれるように伝統的な竪題で、古来美しくかわいい女性の比喩に用いられてきた。この句は「かさね」という子の可憐さを比喩として八重撫子にたとえたものである。季語がぴったり活きている。「撫子の名」では季語にならないなどという硬直した考え方ではこの句は死んでしまう。句は句意を理解することが大事だと痛感する。

## 黒羽・雲巌寺（不易流行）

黒羽に着いた芭蕉は黒羽の領主代理の浄坊寺氏を訪ねた。先方は思いがけない芭蕉の訪問に喜び、日夜兄弟で歓待するのみならず、親戚にまで招待する有様で、黒羽には半月も滞在することになった。当時芭蕉は既に相当の有名人であったようだ。

滞在中は、中世の武士が馬上から矢で犬を射ったという犬追物の跡地を見物したり、正体は狐の身でありながら鳥羽上皇の妃になり朝廷に害をなしたという伝説の「玉藻の前」の古い塚を訪ねたりした。また那須与市が屋島の合戦の前に祈願したという八幡神社にも詣でて、「感応殊《ことに》しきりに覚えらる」と述べている。当時は今のように観光旅行が一般的ではなかったので、名所旧跡を見られたことはとりわけ感慨深かったのであろう。

黒羽滞在中の句としては、修験道の光明寺に招かれて行者堂を拝んだ時に作った次の句を載せている。

**夏山に足駄《あしだ》を拝む首途《かどで》かな**

この句はこれから陸奥《みちのく》の旅に入っていくにあたって、行者堂に安置してある行者が履く足駄を拝んで、その健脚にあやかりたいという意図を詠んだ句である。この句も独立した一句としては理解しかねる句であり、前述の紀行文があってはじめて鑑賞できる句である。しかし表現上は上五に夏山という大きな遠景を掲げた上で、中七には近景の足駄を持ってきて焦点を明確にし、下五でその意図が旅の門出にあったことを明確にした完璧な構成となっている。句の独立性という文学の仕分論は別として、作者の思いを読み手に明確に伝えるという文芸の目的には見事にかなっている。

芭蕉の参禅の師である仏頂和尚の山籠りの跡が雲巌寺の奥にある。芭蕉はかつて和尚から次の歌を松の消炭で岩に書きつけたと聞いていたので、黒羽滞在中に訪ねてみることにした。

**竪横《たてよこ》の五尺に足らぬ草の庵《いほ》 むすぶもくやし雨なかりせば**

禅に無所住という言葉がある。住む所を持たない、即ち一箇所に執着しないという意味である。この歌は「住むところにも執着しないと決めたのに竪横五尺に足らぬ草庵を結ぶのは悔しいことだ、雨さえ降らなければ、捨て去るものを…」という思いを詠んだ歌である。

山は奥深く、松や杉は黒々と見えて苔からは滴がしたたり、五月にしてはなお寒い山道を歩いていくと山門があった。中に入って後ろの山によじ登ってみると、石の上に小さな庵が岩窟にもたせかけて造ってあった。芭蕉は中国の名僧原妙禅師の死関（洞窟の名）や法雲法師の石室を見る思いであると述べている。そこでとりあえず一句を柱に残したとして次の句を載せている。

啄木《きつつき》も庵《いお》はやぶらず夏木立

この句は「木をつつき破る啄木鳥《きつつき》もさすがにこの庵だけは破らずにおいたとみえ、夏木立に中に寂然と残っている」という意味であろう。啄木を秋の季語と解釈すると夏木立とは季が合わない。そこで「よくぞ啄木鳥は庵を破らなかったものだ」と追想的に表現したものと解釈されている。現在の啄木鳥を詠んではいないから現在の夏木立とは季の矛盾はないのである。むしろこう詠むことによって、その庵が啄木鳥にでも破られそうな貧弱なものであるにもかかわらず、厳粛さを持っているということを巧みに表現している。庵を見て啄木鳥を持ってくる感覚が芭蕉の感性というものであろう。

仏頂和尚（一六四二〜一七一五年）は常陸の国（現在の茨城県）鹿島の出身。三十三歳の時、鹿島の根本寺住職になり、鹿島神宮との寺領争いに幕府の裁断を受けるため、たびたび江戸に出て来た。江戸では深川に滞在したので、芭蕉が教えを乞える縁となった。晩年は雲巌寺に閑居してここで没したという。

雲巌寺は臨済宗妙心寺派の禅寺なので、芭蕉が教えを受けた禅は臨済宗の禅であろう。永平寺を代表とする曹洞宗の禅は只管打坐を説き、もっぱら座禅をして身心脱落の境地で悟りを得させるのに対し、妙心寺を代表とする臨済宗の禅は公案という分別を砕く難問を与えて悟らせるやり方で、俗に禅問答といわれる修行をさせるものである。

ものは分別して初めて認識できるが、禅では分別以前のものを悟れという。いわゆる無分別智の世界認識である。何かを言えば既に逃げてしまう真実の姿をしっかりつかめと激しく迫る。俳句でいえば、言葉以前の言霊の本体をつかめということであろうか。

芭蕉もおそらく公案を与えてもらって修行したであろう。芭蕉の俳諧の特徴といわれる「不易流行」とは、不易という詩の永遠性と、流行というその時々の新風とは、矛盾するようで、実は共に風雅の表裏ゆえ、根元においては一つのものである。芭蕉は分別を超えた無分別の境地を把握していたからこそ「不易流行」の俳諧を開拓できたのであろう。

江戸深川で芭蕉が二歳年上の仏頂和尚について参禅しだしたのは、芭蕉が深川に移住した翌年、芭蕉三十八歳の時である。深川への移住は芭蕉が生活支援してやっていた甥の桃印が、こともあろうに芭蕉の妾お寿美（法名・寿貞）と駆け落ちした事件の直後なので、この不条理をどう思えば諦められるのかという思いを抱いての参禅であったと推定される。十年間関係を断絶した後、結局芭蕉は桃印もお寿美も許しているので、仏頂和尚の影響は大きかったに違いない。黒羽で仏頂和尚の山籠りの跡を見たかった芭蕉の気持ちが痛いほど伝わってくる。

## 殺生石・遊行柳

芭蕉と曾良は黒羽を出発して殺生石を見に行くことにした。黒羽で訪ねた伝説の塚の主「玉藻の前」が陰陽師安部泰成によってその正体を「妖狐」であるとされ、射殺されたが、その霊が石になったという。これが殺生石である。黒羽の館代浄坊寺氏の好意により馬で送ってもらった。手綱を取っている馬方が「短冊が欲しい」と言ったので、馬子にしては風雅なことを望むものだと感心して次の一句を書いて与えたという。

**野を横に馬牽《ひき》むけよほととぎす**

この句は現在進んでいる方向を野の縦と見て、馬子に「野を横に見るように馬を引き向けよ、ほととぎすが鳴いているではないか」と言っている句である。単に馬をほととぎすの鳴いている方に向けよと言わず、「野を横に」と表現したところに芭蕉の凄さがある。野趣に富んだ那須野の光景が眼前に広がって見えるではないか。「野を横に引き向けよ」と言っているような気配すら感じられる。先入観を戒める禅の言葉に「橋は流れて川は流れず」という言葉があるが、「野を横に」というような天地をも動かす言葉は、芭蕉の禅体験の深さから出ているように思える。

殺生石は那須温泉湯本の温泉大明神の裏山に現存している。芭蕉は「石の毒気いまだほろびず、蜂・蝶のたぐひ、真砂の色の見えぬほどかさなり死す」と書いている。毒気の正体は噴出する硫化水素・炭酸ガス等の有毒ガスであろう。鳥羽法皇に気に入られた美女「玉藻の前」は朝廷に害を与えたとされるが、妬まれたのであろうか。伝説とは事実を別の事実と結びつけて、さも史実のように語り継がれるもののようである。「玉藻の前」が哀れである。

わざわざこのような史跡を訪ね、しかも「おくのほそ道」の記述に残した芭蕉の深層心理には、やはり甥の桃印と駆け落ちした妾お寿美（法名・寿貞）を「玉藻の前」と重ねてみる気持ちが働いていたのかもしれない。

新古今集に西行の「道のべの清水流るゝ柳蔭しばしとてこそ立ち止りつれ」という歌があるが、その柳が芦野村の田の畦に残っている。これは謡曲「遊行柳」としても広く知られた歌枕である。芭蕉は、ここの領主、芦野民部資俊（俳号・桃酔）がかねてから「あの柳を見せてあげたいものです」と言っていたので、いったいどんな所にあるのかと思っていたら、今日この柳のそばに立つことができたと書き、次の一句を載せている。

**田一枚植て立去る柳かな**

この句は独立句として鑑賞すると難解句である。しかし尊敬する西行が歌に詠んだ柳とはこれだったのかと芭蕉が柳の下で感動している光景を想像すると、実に巧妙な表現の句であるといえる。

この句は柳の蔭で時の経つのを忘れて西行を偲んでいたが、ふと我に返ると先ほど植え始められていた一枚の田がすっかり植えられてしまっているのに気づき、惜別の情のまま立去ってゆく芭蕉の光景を詠んでいるのである。「田一枚植て立去る」は「田一枚植て（しまう時間の後に）立去る」という意味なのであろうが、芭蕉はあえて「田一枚植て立去る」とした。西行の歌では柳の蔭での時間の経過を「しばし」と詠んでいるが、芭蕉は「田一枚植て」と具象化して詠んだ。これが芭蕉の俳諧の革新さであろう。どのくらい佇んでいたかよく分かるではないか。

実際は「田一枚植えた」のは芭蕉ではなく、農夫か早乙女であろう。しかし「立去る」のは芭蕉である。こう解釈すると「田一枚植て」の「て」を挟んで主語が転換したことになる。これがこの句の解釈に論議が多い原因になっている。

加藤楸邨氏は「芭蕉全句下巻」で、我を忘れて田植えを見ていた芭蕉が、自も他もない境地になり、自分自身が田を植えて立去る気持ちで詠んだ句ではないかと解釈されている。この解釈では「て」を挟んだ主語の転換はなくなる。

また「田一枚植て立去る」のは農民だが、それと時を同じくして芭蕉も立去ったのだとする解釈もある。これは「立去る」の主語を農民と芭蕉に重ねる見方で、やはり主語の転換を無くす解釈である。

赤羽学氏の「芭蕉俳諧の精神」によれば、無関係なものを結びつけて一句に同居させる手法は芭蕉の自然観の根元に由来すると言う。芭蕉は「乾坤の変は風雅のたね也」と言っているが、静かなものを「不変」な姿とし、動くものを「変」と見て、芭蕉はこの「変」と「不変」の中に風雅の種を探っていると解釈しており、これが不易流行を説く「おくのほそ道」の基本構造であると言う。

禅の境地を体得していたかに見える芭蕉は、分別以前の無分別の境地から句を詠んだとも考えられるので、この句も単に文法的に解釈すべきではなく、芭蕉の心象風景を想像して鑑賞すべきであろう。

筆者はやはり西行ゆかりの柳の蔭で、西行を偲んでいた時間が「田一枚植えるほどの時間になっていた」と言いたくて「田一枚植て」と詠んだのであろうと思う。文学的美しさのためなら事実を曲げてでも表現にこだわる芭蕉である。実際に自分が田植えしていなくとも、田一枚植えるほどの時間だけ我を忘れていて、惜別の情のまま立去らねばならなかった柳であったと言いたかったのであろう。そう考えるとこの句の情緒はとても素直に解る。

しかし柳についての事前の説明がなければ、この句だけで西行ゆかりの柳を見ての感慨を表した句だとは解らない。芭蕉の時代には俳句の独立性は問題にされていなかったので、叙述文と句と合わせて情景描写ができていれば芭蕉も問題にはしなかったのであろう。

## 白河の関・須賀川

いよいよ芭蕉は東国三関の一つ白河の関に差しかかった。東国三関とは奈良時代に北方民族の侵入を防ぐために設けられた三つの関所のことで、白河の関（福島県白河市）、勿来《なこそ》の関（福島県いわき市）、念珠《ねず》が関（山形県西田川郡）を指す。白河の関から先が「みちのく」である。ここで芭蕉は次の趣旨のことを書き残している。

これまで落ち着かない日々を重ねてきたが、ここに至ってようやく旅らしい気分に落ち着いてきた。平兼盛が「たよりあらばいかで都へつげやらんけふ白河の関は越えぬと」と詠んで都へ便りをする方法を求めたのも尤もである。この関はこれまでも風雅の士や詩人墨客たちが心を留めたところ。白河の関で秋風や紅葉を詠んだ古人の歌を思い浮かべると、青葉の梢が一層情緒深い。卯の花が真っ白に咲き、茨の花も咲き添えられて、あたかも雪の中を越えているような心地すらする。古人が冠を正し衣装に改めてこの関を通ったことなどは藤原清輔の書にも書き留められている。

ここまで書いて次の曾良の句を載せている。

**卯の花をかざしに関の晴着かな**　曾良

この句の「かざし」は「髪挿」で「簪《かんざし》」のことである。句意は「古人は衣冠を正してこの関を通ったとされるが、一笠一蓑の自分たちには正すべき衣冠すらない。せめて卯の花を髪に挿して関越えの晴れ着にしよう」という解釈が一般的である。

荻原井泉水の『奥の細道評論』など一部には「古人も今であれば卯の花を冠に挿して関越えの晴着としたであろう」という解釈もあるようである。この解釈は「かな」を「かも」と解釈したものと思われる。もともと終助詞「かな」は奈良時代までは「かも」だったものが、平安時代になって「かな」として使われだしたものである。「かも」は疑問の「か」と詠嘆の「も」が結合したものなので、「かもしれないなあ」というようにも解釈できる。現在の卯の花の美しさに焦点をあてれば、このように古人を主人公にした解釈もできようが、やはり、卯の花をかんざしにする主人公は古人ではなく芭蕉たちであると思いたい。

ジーパン姿で旅をする現代の旅にはこのような緊張感はないであろう。芭蕉の時代の「みちのく」への旅はこのように緊張感をもって旅をしていたことが解る。この緊張感はいのちへの緊張感と言ってもいいであろう。現代ではたやすく多くのものを見られるようになったが、代わりに大事なものを失っているのではないか…曾良の句を時代背景まで含めて鑑賞してみるとつくづくそう思えてくる。

こうして白河の関を越え、阿武隈川を渡った。左に会津磐梯山がそびえ、岩城、相馬、三春の庄があり、常陸、下野の地の境には山が連なっている。影沼というところに行ってみたが、今日は曇りで物影が映っていなかった。影沼は鏡沼ともいい、鎌倉時代の奥州に赴任した和田平太胤長の妻が夫の後を慕ってここまで来たが、夫が誅されたことを聞き、鏡をこの沼に沈めて身を投じたと伝えられている。昔は水底に鏡の光が鮮やかに見えたと伝えられているので、芭蕉もこれを見たかったのであろう。芭蕉の興味がこのようなことに向けられているることに注目したい。

須賀川の宿町に等躬という人物を訪ねたところ、四、五日滞在するよう勧められた。先ず「白河の関をどんなお気持ちで越えられましたか」と聞くので、「長旅の苦しみで身心が疲れましたが、風景には魂を奪われ、古人の感慨を思うと腸が断たれる思いで考えがまとまりませんでした。一句も作らずに越えるのもどうかと思い

## 風流の初《はじめ》やおくの田植うた

こんな句を作りました」と話したら、脇の句・第三の句と続けて、たちまち連句三巻ができてしまったという。

この句意は、「白河の関を越えて奥州の田植歌を聞いたが、これこそ我がみちのくの旅にとって風流の初めというべきものである」ということであろう。この句のせいか、曾良旅日記によれば、滞在三日目に芭蕉たちは主の田植え後の昼の会席に同席している。奥州の田植歌は狂言などにもあり、古風かつ素朴であったようだ。

宿の傍らに大きな栗の木があるが、その木陰に身を寄せ、世を厭って住んでいる僧がい

た。西行が「橡《とち》拾ふ」と詠んだ深山の生活もこんなだったかもしれないと思えて、次のように書き留めた。

栗という字は西の木と書いて、西方浄土に縁があるそうだ。行基菩薩は杖にも柱にもこの木を使ったといわれている。

こう書いた後に次の句を載せている。

**世の人の見付ぬ花や軒の栗**

この句は「なんと人目につかない花だろうか」と軒の栗の花のことを詠んでいるが、その栗の下で世を厭ってひっそり住んでいる僧の比喩でもあろう。こう詠むことによって軒下に住む僧のゆかしい心も伝わってくる。

芭蕉は既に有名人である。「みちのく」を旅しても知人がいる。訪ねれば歓待される。芭蕉はそんな境遇を利用しつつも、心の奥では西行のような漂泊の生き方に憧れていただけに、栗の下に隠棲する僧を見て、激しくこころを動かされたことであろう。名利を厭いつつ、それを捨てきれない人間芭蕉の心が痛いほど伝わってくる。

## あさか山・しのぶの里（切れ字）

等躬の家を出て五里（二十キロメートル）ほどの檜皮《ひはだ》の宿から少し離れたところに「あさか山」がある。安積山、浅香山、朝香山とも書かれ歌枕として知られたところ。このあたりは沼が多い土地で、かつみ（勝見）が生える土地だったようだ。

芭蕉はかつみ刈る頃も近くなったので、どの草が花かつみかと人に尋ね回ったが知る人はいなかった。沼を尋ね、人に問い、「かつみ、かつみ」と尋ね歩いて、日は山の端にかかってしまったと表現している。

「かつみ」とは真菰《まこも》（いね科の大形多年草）の異称で、芭蕉が「真菰」と言って聞けば直ちに分かったかもしれないという意見もある。因みに「真菰」は夏六月の季語、「真菰の花」は秋九月の季語、「真菰刈る」は「淀」「堀江」などにかかる枕言葉である。また「花かつみ」は水辺の草の名で、真菰以外にも諸説があるようだが、「かつ」「かつて」にかかる序詞としても用いられる。芭蕉はなぜ花かつみを見たかったのであろうか。

平安時代の歌人、藤原実方は宮中で藤原行成と口論、行成の冠を叩き落としたのを一条天皇に見られ、陸奥の守に左遷された。ここに赴任した彼は、五月の節句の時にこの地に菖蒲がないので、かつみを刈って軒にさしたという故事がある。

また古今集に「みちのくのあさかの沼の花かつみかつ見る人に恋やわたらむ」という詠み人知らずの歌がある。あさかの沼の花かつみをすでに見た人には恋が訪れるであろうという歌意である。芭蕉は熱心に探し歩いたが見つからなかったことを自嘲的に書いているので、あるいは「私には恋に縁がないようだ」と言いたかったのかもしれない。

芭蕉は二本松というところから右に入った黒塚の岩屋を一見してから福島の宿に泊まった。この黒塚には、昔、自分の娘を殺し、その生肝を奪った老婆が鬼婆となって近くを通る旅人を襲うという伝説があり、これを題材に謡曲が作られている。鬼婆は僧祐慶によって調伏され黒塚に葬られたという。もともと美女を讃えて詠んだ歌が鬼女の話に発展したものだといわれている。美しい人への妬みであろうか。芭蕉はこういうことにも興味を持っていたということに注目したい。

翌日はしのぶもじ摺《ずり》の石を尋ねて、忍ぶの里に行った。昔の信夫郡（福島県北部）にはもじれ模様の染色の布が産出されたが、しのぶもじ摺の石とは、この布を摺り染めるのに用いられたと伝えられる伝説上の石である。

遠い山裾の小さな村にもじ摺の石は半分埋もれていた。村の子供たちがやってきて「昔はこの山の上にあったが、行き来する人たちが青麦の葉を取ってこの石で試そうとするものだから、それがいやで石を谷に突き落とした。そしたら石の表が下向きになってしまった」という。芭蕉は、そういうこともありうるものかと述べて、次の句を載せている。

### 早苗とる手もとや昔しのぶ摺

この句は、早苗取りをしている早乙女の手つきから、しのぶ摺の手つきもこうであったのであろうかと昔を偲んでいる句である。しのぶ摺の「しのぶ」を「偲ぶ」にかけている巧妙な句である。また中七の真ん中に切れ字「や」を入れて「早苗とる手もと」と「昔しのぶ摺」を切っている。切った上で「昔」という字で結んでいるともいえる相当技巧を凝らした句である。原句は「早乙女に仕方望まんしのぶ摺」であったようだが、この句と比べれば深みがまるで違うことに気づく。早乙女の手つきに艶っぽさを感じて昔を偲んでいるようにさえ思える。

芭蕉の「切れ字」に対する考え方はどうであったろうか。江戸時代の俳人たちの必読書、連歌師紹巴《じょうは》著「至宝抄」には発句に切れ字が入らなければ、平句みたいになってしまうという趣旨のことを書いてあるが、「去来抄」によると、芭蕉は次のように言っている。現代文に要約してみよう。

「切れ字を入れるのは、句を切るためであるが、切れている句は切れ字が入っているから切れているというものではない。切れ字を入れれば七、八割は切れるが、切れ字を入れても切れない句もある。また切れ字を入れなくても切れる句もある」

切れ字を入れても切れない句とはどんな句か。上五を季語で切った場合に中七に季語の説明をするような初心者の句を指すのかもしれない。しかし筆者は掲句の「早苗とる手もとや昔しのぶ摺」の句が、「や」の切れ字を入れても「昔」の字の効果で切れない句になっている高度な句の事例のように思うが如何なものだろうか。有名な芭蕉の句、

古池や蛙飛こむ水のをと

この句は、切れ字「や」で前後を切って一句としている構造である。このため蛙の飛び込む水の音が却って古池の静寂を宇宙にまで広げる効果になっている。この句は切れ字で句を切っているいい例である。「古池に蛙飛こむ水のをと」では「それがどうした?」ということになってしまう。ところが、

早苗とる手もとや昔しのぶ摺

の句ではどうであろうか。「早苗とる手もと」と「しのぶ摺」とでは、事柄が無関係で、切れ字「や」がそれぞれの事柄を切っているように見えるが、「早苗とる手もとや」に「昔しのぶ摺」と連ねると、「早苗とる手もとに昔のしのぶ摺が偲ばれてならない」というひとつながりの感傷を詠んでいることになりはしないだろうか。切れているようで切れていないのである。中七の真ん中に切れ字を使っているので、「古池や」のような詠嘆の深みはなく、むしろ「や」は接続詞のような効果となっている。そう感じるようにすることが芭蕉の狙いでもあるようだ。芭蕉はやはり、深みにおいても技巧においても類ない人物であったと思う。

## 佐藤庄司の旧跡・飯塚・笠島（季重なり・切れ）

もじ摺の石の北方約三キロメートル、阿武隈川の東岸に「月の輪の渡し」がある。これを渡って芭蕉は瀬の上という宿場に着いた。ここで芭蕉は左の山際六キロメートルほどのところにある佐藤庄司の旧跡を訪ねた。飯塚の里、鯖野にあると聞いていたので、尋ね歩いたら丸山というところに庄司の館の跡があった。ふもとの大手門の跡など、人に教えられるままそれらを眺めて涙を流したという。

佐藤庄司とは源義経に従って戦死した佐藤継信・忠信兄弟の父、佐藤元治のことで、奥州平泉の藤原秀衡の家来であった。佐藤継信・忠信兄弟の妻たちは夫の戦死を知りながら、老母を悲しませないようにと、自ら夫の鎧を着て凱旋したという。芭蕉はほど近い古寺に残っている佐藤一家の石碑も訪ね、何よりも二人の嫁の墓の文字を哀れに思い、女の身でありながら、甲斐甲斐しくもよくぞ名を世に残したものだと袂を涙で濡らした。中国の故事「堕涙の石碑」も遠いところのことではないと書いている。お茶を頼むため寺に入ったら、寺には義経の太刀と弁慶の笈が保存されていて宝物になっていた。因みに、この寺の名は現在の福島市飯坂町にある「瑠璃光山吉祥院医王寺」である。ここでは次の句を載せている。

笈も太刀も五月にかざれ帋幟《かみ》

この句意は「弁慶の笈も義経の太刀も五月の端午の節句に帋幟と一緒に飾るがよい。武勇で聞こえた二人の遺品は男の節句に相応しいではないか」ということである。現代の俳句の感覚では「五月」と「帋幟」は季重なりにつき「五月」を省いてもよさそうに思える。しかし代わりの言葉の選択が難しい。「笈も太刀も一緒にかざれ帋幟」では俗っぽくなってしまう。結局どの言葉も動かない役割を果たしていることに気付く。

曾良旅日記によればこの日は五月二日であったが、芭蕉はわざわざこの句のあとに「五月一日（新暦六月十七日）のことである」と書いている。芭蕉はもう数日後に近づいている端午の節句をきっぱりと強調したくて時事吟的感覚で「五月」を入れたのであろう。季重なりの排除など「俳句の決まり」も大事であるが、それよりも「何を訴えたいか」が尤も大事だということをこの句が示しているように思う。俳句は約束ごとに縛られるあまり、本末転倒になってはならないと言っているようでさえある。

その晩は飯塚に泊まった。芭蕉の文章を現代文に意訳するとこうである。

温泉があったので浸かってから宿を借りたら、土間に筵を敷いたままの怪しげな貧しい家であった。灯りもなく、囲炉裏の傍に寝床を設けて寝た。夜になると雷鳴とともに雨がしきりに降って雨漏りがした。さらに蚤・蚊に刺されて眠れず、持病さえ起こって消え入るばかりの心地であった。短い夏の夜がようやく明るくなったのでまた旅立ったが、昨夜の苦痛と寝不足がたたって気分が弾まず、馬を借りて桑折の宿場に着いた。まだまだ遠い道のりを抱えているのにこんな病気がでては心細い限りであるが、僻地の行脚ではあるし、俗世を捨てた身でさえ無常だと心得れば、道の途中で死ぬのも天命だと思い直した。そしたら気力も多少取り戻せて道を力強く踏みしめながら伊達の大木戸を越すことができた。

芭蕉には疝気と痔の持病があったが、ここでは恐らく疝気の発作が起きたのであろう。右の叙述には持病があることを承知で旅に出た芭蕉の覚悟の一端が覗いている。旅の苦痛がひどければひどいほど芭蕉の旅への思いの強さが感じられる。ひたすら風雅を極めたい一心の旅のように見えるが、その根底に芭蕉の体験から出た厭世的な気分があると思う。芭蕉にとっては旅に出るしか生きる当てがなかったのかもしれない。

鐙摺《あぶみずり》、白石の城を過ぎて、笠島の郡に入ったので、近衛中将藤原実方の墓がどこかと人に聞いたら「ここから遥か右に見える山際の里をみのわ・笠島と言い、道祖神の社や形見の薄《すすき》が今も残っている」と教えてくれた。芭蕉は五月雨のせいで道が非常に悪く体が疲れきったので、遠くから眺めるだけにしたが、箕輪・笠島の地名までが五月雨の時期に合っているような気がしたという。そしてつぎの句を詠んだ。

**笠島はいづこさ月のぬかり道**

この句意は「あの有名な藤原実方の墓のある笠島はどのあたりだろうか。五月雨でぬかるんだ道では途方にくれてしまう」ということである。この句も中七の途中に「切れ」がある句で、中七は「いずこ」と「さ月の」に分かれている。分かれているが中七全体では笠島とぬかり道をつなぐ接続詞のような役割を果たしている巧妙な句である。なお、箕輪・笠島の地名までが五月雨の時期に合っているとは、箕と笠の文字が雨に合っているということだろうが、そんなことを句にするのは芭蕉らしくないという見方があるが、如何なものであろうか。

昔、陸奥の守として赴任した藤原実方は、笠島の道祖神の前を通った時に人の忠告通り下馬して拝まなかったため、馬が急に暴れて落馬し命を落としたという。また形見の薄とは、西行が藤原実方の塚で「朽ちもせぬその名ばかりをとゞめ置きて枯れ野のすすき形見にぞ見る」と薄を藤原実方の形見と見立てて詠んだ薄のことである。このようなことに注がれた芭蕉の好奇心も旅の疲れには萎えていたようで、この句からはいつもの芭蕉のような洗練された香りがしない。芭蕉はよほど疲れていて、地名と五月雨の絡みの感傷をも消し去ることができず、「おくのほそ道」を世に出す直前までも消せなかったのであろう。やはり芭蕉も人間であった証拠のように思える。

## 武隈・宮城野・壺の碑

芭蕉は武隈の松を見て「目の覚める心地がした」と書き、その根が土際より二本に分かれていることを「二木に分かれて」と表現している。平安中期に各地を旅した歌人、能因法師がここに来た時は、「松は此たび跡もなし」と詠んでいるが、芭蕉はそのことを「陸奥守に任命されてここに下向した人がこの松を切って名取川の橋杭にしたせいであろうか。その時代時代で、伐ったり植え継いだりしたらしいが、今は千歳の形が整って、実にめでたい松の形になっている」と述べている。

芭蕉は、江戸を出る時、門人の挙白が「武隈の松みせ申せ遅桜」という餞別句を詠んでくれたと述べて、次の句を詠んだ。

**桜より松は二木《ふたき》を三月越し**

この句は、「江戸を出た桜の頃から数え、待ちに待った二木の松を見るまでは三月越しであった」という句意であるが、「松」を「待つ」にかけたり、「二木」「三月」と数字をあやなしたり、さらに「三月」を「見き」にかけるという手の込んだ技巧が見られる。

武隈の松は歌枕になっているほど有名な松で、『後拾遺集』によれば、橘季通が「武隈の松は二木を都人いかゞと問はゞみきとこたへむ」と詠んでいる。この歌の「みき」は「三木」と「見き（見た）」をかけているといわれる。芭蕉もこの歌を意識していたのかもしれない。

現代の俳句では掛け言葉は駄洒落や狂句の類だとして嫌われるが、古来掛け言葉は修辞法の一つなので、芭蕉の時代の俳諧ではこの句のような技巧も鑑賞の対象になっていたのであろう。日本古来の名木である桜と松を並べ、かつ二と三の数字を並べ、三月から待っていた松を三月越しで見たと詠むあたりの技巧はやはり並ではない。駄洒落や狂句だとはとても言えない文芸の技だと思う。

以下、芭蕉の文を現代文で要約しよう。

名取川を渡って仙台に入った。折しも軒にあやめをさして飾る端午の節句の時期であった。宿を探して四、五日滞在することにした。この地に絵描きの加右衛門という人がいる。いくらか風流を解する人と聞いて知り合いになったが、この人が一日案内役をしてくれた。宮城野は萩がたくさん茂っていて、秋の景色はさぞやという思いに駆られた。玉野・横野を過ぎ、つつじが岡に来るとあせびが咲く時期であった。日の光も差し込まない松林に入ったが、そこを木の下と呼ぶという。昔もこんなに露深いところだったから、古歌に「みさぶらひみかさ(お供の人よ、主に笠をかぶるように申し上げてください)」と詠まれたのであろう。薬師堂・天神の社など参拝し、その日は暮れた。加右衛門は松島や塩釜の所々を画に描いてくれ、さらに餞別として紺色に染めた鼻緒の草鞋《わらじ》二足もくれた。やはり彼は風流の痴れ者でここに至って本性を顕した。

こう書いて次の句を載せている。

あやめ草足に結《むす》ばん草鞋の緒

この句は草鞋をもらったお礼の挨拶句である。句意はもらった紺色の鼻緒からイメージを広げ、「あやめ草を草鞋の鼻緒として足に結ぼう」という意味である。あやめ草とは菖蒲のことで、古来端午の節句の時期の菖蒲は、花の紺色のせいか、邪気を払うとされている。「頂いた紺色の鼻緒の草鞋はあやめ草の草鞋だと思って旅に出ます」という感謝の気持を表したものであろう。芭蕉は加右衛門から干飯や海苔などの仙台名物ももらったが、草鞋を特筆して挨拶句とした。このあたりが芭蕉らしいところである。

芭蕉が仙台に滞在したのは五月四日から五月八日である。仙台は武勇で名高い伊達藩の土地、端午の節句を仙台で迎えたのも偶然でなく、芭蕉の計算があったのかもしれない。五月五日（新暦六月二十一日）、仙台では菖蒲がきれいな時期であろう。

以下芭蕉の文は現代文に要約して、そのまま鑑賞したほうがいい。

加右衛門が描いてくれた地図をたどって行くと、おくの細道の山裾に十符《とふ》の菅《すげ》があった。ここ十符では今も毎年菅菰《すがごも》を編んで藩主に献上するという。

壺の碑　市川村多賀城にある。

壺の碑は高さ六尺余、横は三尺ほどもあるだろうか。苔で覆われ文字ははっきり読めないが、四方の国境からここまでの距離を記している。なんとか読んでみると聖武天皇の時代のものであることが分かる。昔から歌に詠み伝えられている歌枕というものは、山は崩れ、川筋は変わって道まで変わり、石は埋もれて土に隠れ、木は老いて若木に変わるという具合に、時が移り世も変わり、その跡も分からなくなってしまうものなのに、ここの壺の碑だけは変わりなく、今眼前にあって古人の心が偲ばれる。これも旅の利得であり、命あることの悦びである。旅の苦労を忘れて、涙が落ちるばかりであった。

## 末の松山・塩竈・松島

芭蕉と曾良は、末の松山、塩竈と経て、いよいよ当時の日本三景の一つ松島に入る。

末の松山では松の合間という合間がみな墓ばかりなのを見て、固い契りを交わした仲のよい男女ですら、結局はこのように墓石の下に埋もれてしまうものだと悲しみに暮れている。

芭蕉はここで相思相愛の男女の契りのことを白楽天の長恨歌にある比翼連理の慣用句「はねをかはし枝をつらぬる契り」と表現している。これは源氏物語などにも引用されている古来の慣用句で、翼を並べる二羽の鳥や枝を連ねる木のように仲良く契りあった男女のことである。松の枝と墓石を見ての芭蕉の連想であるが、聖人視されがちの芭蕉が男女の固い契りでさえ僂いものであると嘆いていることに注目したい。芭蕉の心はあくまでも人間臭いのである。人間臭いからこそ、枯淡、風流、禅味に憧れるのであろう。

塩竈の浦に入ると日暮れの時刻を知らせる鐘がなったので耳を傾けた。五月雨の空が僅かに晴れ、夕月が幽かに、籬《まがき》が島も程近く見えた。漁師たちが小舟を漕ぎながら帰る際の魚を分け合う声を聞いていると、綱で曳かれていく小舟の哀愁を詠んだ古歌の心も分かる気がして、とても哀愁を感じたという。

その夜は目の見えぬ法師による奥浄瑠璃というものを聞いたが、平家琵琶でもなく、幸若舞（声明舞曲）でもない、ひなびた高い調子のもので、枕もとが少々やかましいが、さすが辺土の遺風を伝えるものゆえ、殊勝に思えたと書いている。

早朝、塩竈明神を参拝した。この神社は伊達政宗が再興したもので、宮柱は太く、垂木はきらびやかで、石段は高く築かれており、朝日は朱塗りの玉垣を輝かせていた。このような辺鄙な国土の果てまでも神の霊験があらたかにましますことは、わが国ならではの風習であると、非常に尊く感じられた。神殿の前には古い宝燈があり、鉄の扉の面には「文治三年和泉三郎寄進」と刻んであった。文治三年は西暦一一八七年。和泉三郎とは藤原秀衡の三男、忠衡のことである。彼は兄の泰衡が源頼朝に迫られて義経を攻撃した時も、父の遺命を守って義経を助け、文治五年（一一八九）に二十三歳の若さで自刃した。芭蕉は五百年来の面影が目の前に浮かぶとして、こう書いている。

彼は勇義忠孝の士なり。佳名今に至りて慕わずということなし。誠に「人よく道を勤め、義を守るべし。名もまた是に従う」と云へりと。要は「人としての道義を貫き通せば、名声は後から自然についてくる」という古人の教えを尤もなことだと反芻しているのである。芭蕉が感心しているように、昔の武人には自己の生涯を自分で律するあっぱれな心意気の人物がいたようである。今は自分の生涯は寿命で決まると思いすぎてはいないだろうか。寿命より、「どう生きたか」ということがもう少し問われてもよいのではないかと思う。

塩竈明神の参拝が済むと正午に近づいていたので、舟を借りて松島に渡った。その間、二里（八キロメートル）余、雄島の磯に着いた。芭蕉は松島の風景にはとても感動し、句も詠めず、寝付きもできないほどの興奮ぶりであった。以下芭蕉の精魂傾けた松島の描写はそのまま味わったほうがよかろう。できるだけ忠実に現代文にしてみる。

古くから知られていることではあるが、松島はわが国第一の景色の美しいところで、中国の洞庭湖や西湖にも恥じないところである。東南から海を入れて入り江の中は三里、浙江《せっこう》のごとき潮をたたえている。島々は数多く、そそり立つものは天を指差し、伏したものは波に腹ばいになっている。あるものは二重に重なり、三重に畳んで、左に分かれ、右に連なる。負っているようなものや、抱いているようなものもあり、あたかも我が子を愛するが如しである。松の緑は色濃く、枝葉は潮風に吹き曲げられて、さながら人工的に矯めたかのようである。その景色の物静かな美しさは、さながら美人の顔に化粧をしたかのような趣である。これは神代の昔、大山祇《おおやまずみ》の神のなせるわざであろうか。このような造化の主の神業は、一体誰が絵筆や詩文で表すことができようか。

雄島が磯は地続きで海に出た島である。松島瑞巌寺の中興の祖といわれる雲居禅師の別室の跡や座禅石などがある。また松の木陰に世を厭う人もごく稀に見受けられ、落穂や松かさなどを焚いて煙っている草庵に静かに住んでいる。どんな人かは知らないが、心惹かれて立ち寄るうちに、いつか月がのぼって海に映り、昼の眺めとはまた別の眺めとなった。浜辺に帰って宿を求めたが、窓を開くと二階作りで、風雲の中で旅寝することはなんとも言えぬいい心地であった。

ここまで書いて次の曾良の一句を載せている。

**松島や鶴に身をかれほとゝぎす** 曾良

この句は、ほとゝぎすのままでは松島の風景に相応しくないので、鶴の姿を借りて来いと言っている句である。芭蕉はこの句のあとにこう書いている。

私は句作を諦めて寝ようとしたが眠れなかった。江戸の芭蕉庵を出発したときに贈ってくれた素堂の松島の詩や、原安適（江戸京橋の医者）の松が浦島の和歌を袋から出して今宵の友とした。袋の中には杉風《さんぷう》や濁子《じょくし》から贈られた発句もあった。

この章で鑑賞すべきは、「感動に浸ることのほうが句を作るよりも先である」ということである。

## 石の巻・平泉（不易流行）

芭蕉と曾良は瑞巌寺を参拝した翌六月二十八日（旧暦五月十二日）、いよいよ憧れの地、平泉を目指した。

道中歌枕にある姉歯《あねは》の松や諸絶《おだえ》の橋を訪ねようとしたが、ひと気もなく、猟師や柴刈りなどが行き来する道を歩いている内にとうとう道を間違え、石の巻の港に出てしまった。昔、大伴家持が「こがね花咲く」と歌に詠んだ金花山がはるか海上に見え、近くには数百艘の廻船が入り江に集まっているし、建ち並んだ人家からは炊飯の煙が立ち昇っている。

思いがけなくこんな所にきたものだと宿を借りようとしたけれども、泊めてくれる所がない。やっとのことで貧弱な小さな家で一夜を明かし、翌日はまた知らない道を迷いながら進んだ。袖の渡り、尾駮《おぶち》の牧、真野《まよ》の萱原などの名所を遠目に見ながら、北上川の堤を歩き続けた。どこまで伸びているのかと心細くなるような長沼に沿って歩き、登米《とよま》という所に一泊して、やっと平泉に着いた。この間およそ二十里（八十キロメートル）余りという。

芭蕉の平泉を語る文章を、なるべく原文に忠実に現代文にして味わおう。

藤原三代の栄華は一睡の夢のようなもの。大門の跡だけが手前一里ほどの所にある。秀衡の館跡は既に田野になってしまっており、金鶏山だけが形を残している。

何よりも先に源義経の遺跡である高館《たかだち》に登ると、眼下に南部から流れ来る北上川が見えた。衣川《ころもがわ》は和泉が城を廻って高館の下で北上川に合流している。秀衡の次男、泰衡らの旧跡は衣が関を隔てて南部の出入口を固め、蝦夷の侵入を防いだと思われる。よくぞ義臣を選んでこの城に籠り奮戦したものだが、その功名も一時の夢のごとく、今はただ草むらとなっている。「国破れて山河あり、城春にして草青みたり」と、口ずさみながら、笠を敷いて腰を下ろし、いつまでも涙を流させてもらった。

こう述べて次の句を載せている。

**夏草や兵《つわもの》どもが夢の跡**

**卯の花に兼房《かねふさ》みゆる白毛《しらが》哉《かな》**　曾良

芭蕉の夏草の句はあまりにも有名であるが、前述の杜甫の詩「春望」の一節を口ずさみながら詠んだ句であると知れば、随分素直に感慨が表現されているといえよう。有為転変、無常迅速の感慨を「夏草」と「兵どもが夢の跡」とで対比させ、所謂二物衝撃の効果を遺憾なく発揮させている句である。この場合の切れ字「や」の一字は、切れ字とは言え、現前の夏草に向かって、「人間のすることは何と儚く虚しいものであろうか」と夏草に語りかけているようである。芭蕉の主観が現前の夏草にスポットライトを当てることによって、なんと客観に変わっているではないか。これが芭蕉の新しさであり、凄さである。過去を現在に詠んで、しかも諸行無常の普遍を詠んでいるのである。

芭蕉は「おくのほそ道」によって、芭蕉の特徴である「不易流行」の色をはっきり打ちだしたといわれている。「兵どもが夢」が「夏草」に変わるのは「流行」である。それでいてその根底には諸行無常という永遠に変わらぬこの世の普遍の理法、すなわち「不易」がある。「不易流行」とは、変わるものがあるから変わらぬものがある、本来変わるものと変わらぬものとは、同じ実体の表裏に過ぎないという見方である。まことに東洋的な思想であるといえよう。

曾良の「卯の花に」の句は源義経の守り役、権藤兼房のことを詠んだ句である。「風に揺れる卯の花の白い色を見ていると、それが義経を庇って白髪をふり乱しながら奮戦した兼房に見えてくるではないか」という句意である。兼房は久我時忠の家臣であったが、時忠の娘が義経の妻になったのでその守り役として義経に仕え、義経の最期を見届けてから敵とともに火炎に飛び込んで戦死したと言われている。

曾良は卯の花から過去を連想しているが、芭蕉の夏草の句のような無常観を訴えているのではない。むしろ年老いても忠義を尽した兼房を称えているのである。曾良はやはり武士上がりだけあって、芭蕉とは感性が異なっていたと思わせる句である。

それから芭蕉はかねてから話に聞いて驚嘆していた中尊寺の二堂、経堂及び光堂を見た。「経堂には藤原三代の清衡、基衡、秀衡の像が残され、光堂には三代の棺が納められていて、阿弥陀如来、観世音菩薩、勢至菩薩の三尊が安置されていた。七宝は既に消え失せ、珠玉をちりばめた扉は風で破れ、金色の柱も霜や雪で朽ちていて、もうとうに廃墟になってしまいそうなところを、四方を新しく囲んで屋根の瓦を置き風雨を凌いでいる。辛うじて千年の昔を偲ぶ形だけは保たれていた。」こう書いて次の句を載せている。

**五月雨の降《ふり》のこしてや光堂**

朽ちずに残っている光堂を実に巧みにクローズアップしている。幾星霜の歴史を秘めた光堂に対し「五月雨も降り残したのではないか」と表現して、崇敬してやまない芭蕉の気持を表している。この句には芭蕉の達人ぶりが遺憾なく出ていると思う。

## 尿前の関・尾花沢

芭蕉と曾良は平泉から南下し、いよいよ日本列島を横断して日本海方面に向かう道に入り、岩出の里に泊まった。これから小黒崎、みづの小島を経て鳴子温泉から尿前《しとまえ》の関を通って出羽の国（現在の秋田・山形）に出ようというのである。この道は旅する人が少ないこともあって、役人に怪しまれながらやっとのことで関所を通過した。長い山道を登って既に日が暮れかかったので、たまたま見かけた国境を監視する役人の家に泊めさせてもらった。三日間も荒れた風雨で、することもない山中に足止めを余儀なくされた。

蚤虱馬の尿《しと》する枕もと

この句はいかにもやりきれない旅の状況を詠んでいるようであるが、「尿前」という名の関を越えたので、旅の一興ともいえる滑稽を詠んでいるとも思われる。わびしさのどん底にありながら、自らを客観視し苦笑する芭蕉の心の余裕がこの一句から感じられる。

役人の主人が「ここから出羽の国に出るには、途中に険しい山があって道が分かりにくいから道案内の人を頼んで山越えしたほうがいい」と言うので、「では、そうしよう」と頼んだところ、いかにも逞しい若者が来てくれ、樫の杖を手に先頭に立って歩いてくれた。

きっと今日は危ない目に遇うかもしれないと心配しながらついていくと、主人が言ったとおり、高く聳え立つ山は静まり返って、鳥の鳴き声ひとつ聞こえない。うっそうと茂る木々の下の暗がりは、まるで夜道を歩くようであった。杜甫の詩に「雲の端から土が降ってくる」というのがあるが、まるでそんな心地で笹の茂みを踏み分けながら、水を渡り、岩に躓き、肌に冷たい汗を流して、やっと最上の庄に出ることができた。

案内の若者は「この道はいつも必ず思いがけないことが起きますが、何事もなく何よりでした」と言い、喜び合って別れた。何事もなかったが、後で聞いても胸がどきどきするばかりであった。

「曾良旅日記」には関所を越えた翌日は大雨だったとはあるが、芭蕉が言うほどの辛い旅だったという記述はない。風雨で三日滞在というのも、奥羽山脈越えの大変さを表現するための誇張かもしれない。

尾花沢では以前に江戸で知り合った清風という人を訪ねた。彼は富める人ではあるが、志にいやしいところがない。都にもたびたび行き来しているだけあって、旅する者の気持がよく分かっており、芭蕉たちを何日も引き止めて、長旅の疲れを労ってくれ、あれこれともてなしてくれた。

以上のことを述べた後、説明なしに次の四句を続けて載せている。

**涼しさを我宿にして寝まる也**
**這出よかいやが下のひきの声**
**まゆはきを俤《おもかげ》にして紅粉《べに》の花**
**蚕飼《こがひ》する人は古代のすがた哉《かな》**　　　曾良

一句目「涼しさを…」の句は、「涼しさを我が家にいるような気分で味わい寛いでいる」という意味の挨拶句である。この句の特徴は「寝まる」というこの土地の方言を使っていることである。「寝まる」とは膝を崩して楽な姿勢になるという意味で、寝転んだり腹ばいになったりする姿勢や、単に膝を崩して座ることまでを含む幅広い意味を持っている。「涼しさを我宿にして」という言い方に芭蕉の挨拶句への「手だれ」ともいうべき老練さを感じる。

二句目「這出よ…」の句は、蚕を飼っている部屋の下で鳴いているガマ蛙に這い出て来いと言って興じている句である。古来、万葉集では水辺小屋の下で鳴く蛙が詠まれているが、蚕小屋の下で鳴く蛙を詠んでいるところがユーモアのある俳諧的情緒というものであろう。ガマ蛙はその容貌が人を食ったようで、なんとなく親しみを感じさせる。この思いを詠んでいるのである。この句も地方色の濃い句であるといえよう。

三句目「まゆはきを…」の句は、この地の名産といわれている紅粉花《べに》に女の人が用いる眉掃きの俤《おもかげ》が漂っているという、なんともなまめかしく可憐な句である。眉掃きは白粉をつけた後に眉を掃うために使う小さな刷毛。紅花はキク科の多年草、夏にアザミに似た紅黄色の花をつける。末摘花《すえつむはな》ともいう。この地方の名産、紅粉の花を句材にする芭蕉の粋な面が出ている句といえよう。

四句目「蚕飼する…」の曾良の句は、いかにも質実剛健な彼らしい句である。蚕を飼うことは日本書紀にも書かれているように、日本の古代に始まる習俗であるが、蚕飼する人の服装が非常に質素で清楚な原始的な床しさがあったのであろう。曾良のこの句は単なる説明句のように見えるが、切れ字「哉《かな》」が効いている。藤田湘子氏によれば、切れ字「かな」は沈黙の表現で、言いたいことを抑え、言った以上の広がりと深さを持つという。まさに曾良の「かな」の使い方がそれである。四句中、曾良の句を最後に置いた芭蕉の構成のうまさもあって、蚕飼する人の古代の姿ぶりとは袴に似た女のもんぺ姿ではないかとか、髪には油もぬらず、歯には「おはぐろ」もつけない素朴な容貌ではなかったなどと想像を掻き立てられる。

# 立石寺・最上川（主観と客観）

山形領に立石寺《りゅうしゃくじ》という山寺がある。最澄の弟子で唐に九年間留学した経歴のある慈覚大師が開祖。この寺は清閑な場所ゆえ一見の価値ありと人に勧められたので尾花沢よりわざわざ南に七里（二十八キロメートル）も入り込む寄り道をした。

日はまだ暮れていない。ふもとの宿坊を借りておいてから山上の堂に登った。辺りは岩に巌《いわお》を重ねて山となし、松、檜など老木が生い茂り、土石は古びて苔に覆われているといった場所であった。岩の上に立てられたどの寺院の扉もみな閉じていて、物音ひとつ聞こえなかった。

崖から崖、岩から岩を廻って仏閣を拝観したが、美しい景色はひっそり静まり返っていて心が澄んでいくように思えたという。

ここでできた句がつぎの有名な句である。

**閑《しずか》さや岩にしみ入る蝉の声**

この句は芭蕉生涯の名句の一つといわれる。なぜ名句なのか。ここが私たちの鑑賞の目を養うポイントである。この句が尋常でないのは、閑かさの感動を表すのに、普通はうるさいと感じる蝉の声をもってきたことである。画用紙の中の白丸を強調しようとする場合は背景を反対色である黒で塗ったほうがいい。白丸をいくら白で塗っても白の強調にはならないのである。芭蕉はよくこのことを心得ている。

この句の場合は、強調しようとしているのは「閑さ」であり、「蝉の声」がそれを強調するための背景として使われている。もうひとつこの句の表現の新しさは、蝉の声を「岩にしみ入る」と表現したことである。苔や森にしみ入るのではなく、「岩にしみ入る」としたことが、芭蕉の「閑さ」への感動の深さを表している。蝉の声が岩にまで沁み込めば辺りの寂寞さは如何ほどであろうか。芭蕉は清閑さと騒々しさの対立を絶した更に高い次元の「閑さ」に浸っている、すなわち芭蕉は宇宙の時空の「閑さ」に浸りきっているのである。その深い心境がこの句を湧き上がらせたのであろう。

この句の蝉の声は単数か複数かとか、この蝉はきっとニイニイ蝉に違いないという議論がある。しかしこの名句を味わうのにそんな議論は不要であると思う。蝉の声を聞きながら芭蕉は視線を岩に注ぎ、無常の世の流れの奥にある寂寞とした清閑さに打たれているのである。芭蕉の心境がそのまま伝わってくる名句であるが、名句というものは深い心境なくして生まれないということを示している句であるともいえよう。

最上川を舟で下ろうと、大石田という所で天気の好転を待った。この地には古風な俳諧を慕い、田舎暮らしの心を和らげようとする気風がある。古風と新風のどちらの俳諧の道に進もうか、指導者がいなくて迷っているというので、芭蕉はやむなく歌仙一巻を残した。今回の旅の風流は、図らずもこんな結果になってしまったと述べている。

最上川はみちのくを源流として山形あたりが上流で、碁点・隼などといわれる恐ろしい難所がある。板敷山の北を流れ、最後は酒田の海に流れ込んでいる。左右は覆いかぶさってくるほどの山で、茂みの中を舟で下った。この舟に稲を積んだものを古来から稲舟というらしい。

白糸の滝は青葉の隙間という隙間に落ちていて、仙人堂が岸に臨んで建てられている。川の水量は増して舟はいかにも危なげな様子であった。

以上のような記述のあと、これも有名な次の一句が載っている。

**五月雨をあつめて早し最上川**

この句は最上川の満々たる水量と急流ぶりを「五月雨をあつめて早し」と表現している。寺田寅彦氏は、「あつめて」が量を、「早し」が速度を描き、両者合わせて水流の巨大な運動量を表現していると解釈されている。
　芭蕉が残したという前述の歌仙の一巻「雪丸げ」には「早し」が「涼し」となった次の句が載っている。

　　　五月雨をあつめて涼し最上川

　おそらく原句の中七は「あつめて涼し」であったと思われる。それを芭蕉は推敲して「あつめて早し」にしたのであろう。「涼し」では最上川の描写の焦点がぼけ、「五月雨をあつめて」と表現した意味がなくなる。推敲結果「あつめて早し」としたことによって、他のどの言葉をもってきてもそぐわないほど的確な表現の句に生まれ変わったといえよう。
　漢字の用法という点では「早し」よりは「速し」とすべきである。前者は時間、後者は速度にたいして用いられるからだ。けれども芭蕉の文字は当て字などが多い。こういう漢字の当否の議論は芭蕉の句の鑑賞には外しておくのが賢明であろう。

　句を評価する際に、客観句と主観句に分けて論じられることがある。また俳句は自然描写であるが、川柳は人間描写であるといわれたりもする。一方はよいが他方は文学的でないという議論すらある。けれどもいずれも人間の感性に応じて表現されるものであることには変りはない。

蟬はただひたすら鳴いているだけ、それを人間の側に立って表現すると「岩にしみ入る」となる。川はただ淡々と流れているのみ、それを人間の側に立って見つめると「五月雨をあつめて早し」となるのである。所詮、客観といえども主観、主観を表すには客観的な言葉を使わざるを得ない。俳句は自然を描写しているようで、その実は人間を描写しているともいえる。いずれを究めるにも人間を究めなければならないのである。

## 羽黒

六月三日（新暦七月九日）、羽黒山に登った。図司左吉という人を尋ねて、別当代理の会覚阿闍梨に拝謁したところ、南谷の別院に泊めてくれ、思いやりも細やかに手厚いもてなしを受けた。

翌日、本坊で俳諧を催したと記し、次の一句を載せている。

ありがたや雪をかほらす南谷

「かほらす」は「薫らす」で、旧仮名づかいなら正しくは「かをらす」である。この句は、南谷にいると夏の風がそよそよと吹いてきて、谷間の残雪も薫るばかり、なんとありがたいことか、という句意である。中七の「雪をかほらす」という表現が、修験道羽黒派本山である羽黒山の清浄さを遺憾なく表している。「雪を薫らす」という季語はないが、薫風を詠んでいるので、夏の季語と解釈すべきであろう。蘇東披の詩に「南から薫風は来る」という表現があるが、「雪を薫らす」という表現はない。無臭の雪を「薫らす」と表現して、清浄な雪から吹く涼しい風を表現している。「風」という言葉を使わずに風を表現しているあたりが芭蕉の感覚の新鮮さであろう。

本坊で催した俳諧の発句で芭蕉は次の句を詠んでいる。

有難や雪をめぐらす風の音

この句だけでは夏の句とは取れないが、俳諧の場所と時期から自ずと夏季の句と解釈され、続く句は「夏草」や「蛍」などの季語が使われて詠まれている。芭蕉はこの句の「雪をめぐらす風の音」を推敲して「おくのほそ道」では「雪をかほらす南谷」としたのであろう。「風の音」を「南谷」に変えたことも景が具体化して大きい効果となっている。推敲の思索過程を芭蕉に聞いてみたい思いに駆られる。以下芭蕉の記述を原文に近い現代文で書くことにする。

六月五日（新暦七月十一日）、羽黒権現に参詣した。当山の開祖能除大師はどの時代の人かは知らない。延喜式（宮中の年中儀式や作法、官職規定を記述した書物）には「羽州里山の神社」と書き記してある。書き写す時に「黒」の字を「里山」と間違えたのであろうか。それとも羽州里山を略して羽黒山というのであろうか。風土記によれば、出羽というのは「鳥の羽毛をこの国の貢物として朝廷に献上した」からのようだ。羽黒山、月山、湯殿山を合わせて三山と呼んでいる。

この寺は天台宗の関東総本山、東叡山寛永寺に属していて、天台宗でいう止観の教義が月のように明るく、円頓融通の法灯を掲げて僧坊は棟を並べ修験行法に励んでいる。霊山霊地のそのありがたい効き目に人々は尊びもし恐れてもいる。当山の繁栄は常しえにして、めでたい山というべきであろう。

六月八日（新暦七月十四日）、月山に登った。木綿注連《ゆうしめ》を体にかけ、頭を宝冠で包み、強力《ごうりき》と呼ばれる者に導かれて、雲や霧の立ち込める山中を氷雪を踏んで登ること八里（三十二キロメートル）。さながら太陽や月が運行する雲間に入ったのではないかと疑われるほどで、息絶え、身凍える思いで頂上にたどり着くと、日は沈んで月が現われた。笹を敷き、篠を枕にして横になり、夜が明けるのを待った。日が昇ったら雲が消えたので湯殿山に向けて下りた。

谷の傍らに鍛冶小屋と呼ばれるところがある。この国の刀鍛冶が霊水を選んで身を清め、剣を打ち、ついに「月山」と銘を刻んで世にもてはやされた。かの中国で竜泉の水で剣を鍛えたとかいう名刀鍛冶、干将《かんしょう》とその妻莫耶《ばくや》の昔を慕うものである。一道に優れた者の執念の浅くないことが分かる。

岩に腰掛けて暫く休んでいると、高さ三尺ほどの桜の蕾に半ば開いているものがあるではないか。降り積もる雪の下に埋もれていながら春を忘れない遅桜の花の心はなんとけなげなものであろう。中国の詩に詠われている「炎天の梅花」がここで香っているかのようである。「もろともにあはれと思へ山桜」と詠んだ平安時代の僧、行尊僧正の歌も思い出したが、この遅桜のほうがなお一層情緒深く思われた。

通常この山中の細かいことは、修行者のきまりとして他言することを禁じている。だからこれ以上は書かないことにする。

宿坊に帰ると、阿闍梨の依頼に応じ、出羽三山順礼時に詠んだ句を短冊に書いた。

ここまで記して次の四句を載せている。

**涼しさやほの三か月の羽黒山**

雲の峰幾つ崩《くずれ》て月の山
語られぬ湯殿にぬらす袂かな
湯殿山銭ふむ道の泪かな　曾良

一句目は、黒いイメージの固有名詞「羽黒山」とほのかに見える三日月の対比が如何にも涼しげで、清涼感あふれる句である。

二句目は、月山の雄大さを強調するのに、雲の峰が幾つも崩れた結果、月山が浮かび上がったという捉え方をしている。月山の現在を時間経過の結果とする表現に技巧を凝らしている。

三句目は、他言を禁じている湯殿山のありがたさに涙が流れたという句意であるが、湯殿の連想から袂をぬらすと表現している。

四句目は曾良の句で、地に落ちたものは拾ってはならない湯殿山のきまりから、道の賽銭を踏んで歩く勿体なさとそんな場所の超世間的な尊さに涙が出たという句意である。

「湯殿詣」は夏の季語であるが、三句目と四句目には季語がないとする見方がある。発句でなければ季語は要らないのではなかろうか。

## 酒田・象潟

「おくのほそ道」の旅はようやく日本海側の酒田に抜け出るところまで来た。芭蕉の記述を辿ることにする。

羽黒を出発して、鶴が岡の城下に行き、長山重行という武士の家に迎えられた。ここで俳諧の連句一巻を作った。図司左吉もここまで送ってきてくれた。川舟に乗って酒田港に下り、淵庵不玉という医者の家に泊った。

ここまで記して、次の二句を載せている。

**あつみ山や吹浦《ふくうら》かけて夕すゞみ**

**暑き日を海にいれたり最上川**

一句目は、南の温海《あつみ》山から、北の吹浦《ふくうら》にかけての大景を一望にしながら夕涼みをしている句である。温海山の「あつい」というイメージに対し、吹浦の「吹く」というイメージを綾なして、大景を前にして夕涼みしている爽快さを詠んでいる。「あつみ山や」は字余りである。

去来本では「や」がない句になっているが、あえて字余りにしてゆったりした気分を表したものであろうか。「や」を切れ字とみなさずに、「あつみ山や吹浦にかけて首をめぐらして夕涼みをしている」とみなす解釈もある。

二句目は「おくのほそ道」屈指の名句と言われる。「暑き日」は「暑い太陽と暑い一日」の両方を含み、それらを一体とした「暑き日」を最上川が海に入れたと表現している。最上川が暑い日を海に押し流したという単なる擬人法的表現ではなく、最上川の彼方に夕日が沈んで、辺りは夕暮れの爽涼たる気がみなぎっていることを詠んでいるのである。

芭蕉が残した歌仙『雪丸げ』には

**涼しさや海に入りたる最上川**

の句が残されている。この句は「涼しさ」を強調するのにストレートに「涼しさや」と表現している。これに対し「暑き日を」の句は「涼しさ」という言葉を使わないで「涼しさ」を詠み、しかも最上川の雄大さを詠んでいる。これが名句といわれる所以であろう。芭蕉はこのように徹底して推敲した句を後世に残している。芭蕉を越える句が未だに少ないのは推敲への執念が芭蕉ほど強くないせいなのかもしれない。

芭蕉は坂田からすぐに南下しないで、わざわざ北の象潟《きさかた》まで足を延ばしている。以下芭蕉の記述を辿ることにする。

これまで数限りない山水の景色を見てきた今、象潟へと心がせきたてられる。酒田の港から東北の方角に、山を越え、磯を伝い、砂浜を歩くこと十里（四十キロメートル）、日が傾く頃、海風が砂を吹き上げ、雨は煙って鳥海山が隠れてしまった。闇の中を模索しながら中国の古詩のように、「雨もまた奇なり」とするなら雨が上がった後の晴れた景色もまた素晴らしいだろうと期待しつつ、漁師の苫ぶきの家に膝を入れて、雨が上がるのを待った。

翌日は晴、朝日が明るく差しだす頃に象潟へ舟で出た。まず能因島に舟を寄せ、能因法師が三年間幽居していたという跡を訪ねた。舟で向こう岸に上がってみると、西行法師が「花の上漕ぐ」と歌に詠まれた桜の老木があって、西行法師の記念となっていた。

水辺に御陵あり、神功皇宮《じんぐうこうぐう》のお墓だという。寺を干満珠寺《かんまんじゅじ》という。神功皇宮がここに行幸されたことがあるとは聞いたことがない。いったいどういうわけであろうか。この寺の方丈に座って簾を上げると風景が一目で見渡せ、南に鳥海山が天を支えているように見え、その影は潟の水面に映っている。西はむやむやの関が道を塞ぎ、東は堤になっていて、秋田に通じる道がはるかに続いている。海を北に見て、波が打ち寄せるところを汐ごしという。入り江の縦横一里（四キロメートル）ばかりの面影は松島に似ているが、違っているところもある。松島は笑っているようであり、象潟は怨んでいるようである。寂しさに悲しみを加えて、土地の様子は憂いを抱く美女に似ている。

　このように記して次の二句を載せている。

**象潟や雨に西施《せいし》がねぶの花**
**汐越《しほごし》や鶴はぎぬれて海涼し**

　一句目の西施とは、中国春秋時代の絶世の美女のことで、越王勾践が戦いに敗れ、敵方呉王夫差に西施を献じたという。呉王夫差は政治をおろそかにするほど西施を寵愛したといわれる。この句は雨に濡れてうちしおれる薄紅の合歓の花が、目を閉じようとしている西施を髣髴させるというもので、ねぶの花の「ねぶ」は「眠る」にかけて、眠ろうとしている西施のなやましさを連想している。象潟の情緒をこう詠んだのである。ポジティブな印象の松島では感動の文を書いてはいるものの句は載せていない芭蕉だが、ネガティブな印象の象潟ではこのような句が浮かぶ芭蕉であった。

　二句目は、汐越の入江の浅瀬で餌をついばむ鶴の足が濡れていて涼しさを感じるという叙景詩である。「海涼し」は鶴を客観視した結果としての主観表現である。

以下芭蕉自身の作ではない次の三句を載せている。いずれも叙景描写の一助にする目的で載せたと思われる。

「祭礼」と題して

**象潟や料理何くう神祭**　曾良

**蜑《あま》の家や戸《や》板を敷て夕涼**　低耳（美濃の商人）

「岩上に雎鳩《みさご》の巣を見る」と題して

**波こえぬ契ありてやみさごの巣**　曾良

## 越後路・市振（写生描写）

「おくのほそ道」の旅は江戸から象潟までは行程ごとに丁寧に描写されているが、それから南下する旅は思い切った省略描写になっている。前者が線描写だとすれば、後者は点描写の如くで、終点大垣に向かって一挙に加速されている。日本海側は単調で退屈な割に辛い旅であったからであろうか。芭蕉が関心を寄せる歌枕が少なかったからであろうか。

まず越後路での芭蕉の記述を辿ろう。

酒田が名残惜しまれてつい日を重ねたが、いよいよ北陸路に横たわる雲をみて、遥か彼方であることに心を痛めながら、加賀まで一三〇里（五二〇キロメートル）と聞く。鼠《ねず》の関を越せば歩みも新たに越後の国に入り、やがて越中の国の市振の関に着いた。この間九日、暑さと雨に疲れ果てた上に持病まで起こったので、道中のことは書き記さなかった。

ここまで書いて次の二句を載せている。

**文月《ふみづき》や六日も常の夜《よ》には似ず**

**荒海や佐渡によこたふ天河**

一句目は七月七日（旧暦）の前夜の句で、明日が七夕だと思うと、六日もいつもの夜とは違ってみえるという句意である。正岡子規はこの句を駄句だと酷評している。芭蕉にしてこんな句を作ったのかと思うとさえ言っている。明治という新時代に新しい俳句を目指した子規は、芭蕉への先入観を払拭したい思いからあえて酷評したのかもしれない。しかし、七夕を牽牛織女《けんぎゅうしょくじょ》の両星が天の川を隔てて一年ぶりに相会する日だと捉えれば、その前夜はかすかな心のときめきがあって自然であろう。こういう見方からは、この句は作者の感慨を素直に表した好句とされる。特にこの句の韻がすばらしいと思う。韻がすばらしいから後者の見方をしたくなる。芭蕉は艶っぽいことをこういうように表現できる大家であった。

さて二句目の「荒海や」の句は、その子規ですら「雄壮なる句」と評して芭蕉の大手腕に驚いている。この句の切れ字の使い方の絶妙である。佐渡に横たわる天の川は今でもきれいに違いない。けれどもそのように想像するだけではこの句の真髄を鑑賞していないことになる。「佐渡」は昔からの遠流の孤島、その島の上の闇夜に銀河が輝いている。それだけを思い浮かべても人界と天界のかかわりにしみじみした思いが走る。そんな感傷の目の前へ「荒海や」という背景を持って来て、いっぺんに景を流転の世（流行）の激動にさらすのである。これによって静的な天の川の光景に悠久の時間の流れ（不易）がダイナミックに付加される。きっと芭蕉は「佐渡によこたふ天河」の現実離れした美しさを強調したくて、「荒海や」を持ってきたのだと思う。句ができてしまえば、鑑賞者は「荒海や」から理解する。目の前の荒波を先ず思い浮かべる。それから佐渡という孤島を覆うように横たわる天の川の光景を思い浮かべる。それは宇宙の黒い広がりの中に遠流の罪が光となって昇華していく光景とも受け取れるであろう。ましてや芭蕉が旅の途中で詠んだ句であると知れば、これに旅愁が加わって、人はこの句の前から遠ざかることができなくなるのである。

筆者は時空のスケールにおいて、また魂の深さにおいて、この句を凌ぐ句を未だに知らない。芭蕉はこの句を思い浮かべながらきっと涙していたと思う。けれども句の表面には感情は何も出ていない。表面は完璧な写生句である。写生句であるから人に深い感動を与えている。これが「美しい」とか「悲しい」とか言えば、人は「そうか」と思うだけで感動はしない。感情を殺して写生描写するから、万人の体験の底にある命のセンサーが共鳴するのである。芭蕉という人はこのことをしっかり弁えていた人であると思う。

次に芭蕉は市振での宿の出来事について記している。現代文にすればこうであろうか。

今日は親知らず・子知らず・犬戻り・駒返しなどという北国一の難所を越えて疲れたので、枕を引き寄せて寝ていた。すると一間隔てた表の方で、若い女の声がするではないか。二人ばかりいるように聞こえる。年老いた男の声も加わって話しているのを聞いていると、越後の国、新潟というところの遊女のようだ。伊勢神宮に参拝するというので、この関まで送ってきた男を、明日はふるさとに返すため、手紙をしたためたり、とりとめのない伝言などをしている。

「白波の寄せる渚に身を捨て、波にもてあそばれる漁師のようにこの世に落ちぶれ果て、定めのない一夜の契りを交わしながら日々を送っているのは、いったいどんな因果の果てであろう」と話しているのを聞きながら寝入った。

翌日旅立つにあたり、我々に向かって「行き先の分からない旅路の心細さに心配で、あまりにも悲しいので、見え隠れにあなた方の後をついて参ろうと思います。法衣をお召しの方のお情けによって、大慈大悲のお恵みをお垂れ下さり、仏道に入る機縁を結ばせてください」と涙を流すではないか。不便なことではあるが、「わたしたちは所々で泊まることが多いので、人の行く通りについて行くがいい。神のご加護できっと無事に行きつくでしょう」と言い放して出発したものの、哀れさが暫くやまない思いであった。

こう記して次の一句を載せている。

**一家《ひとつや》に遊女も寝たり萩と月**

「曾良に語ったら書き留めた」と書いているが、「曾良旅日記」には遊女のことは何一つ書かれていない。この句の鑑賞ポイントは「一家に遊女も寝たり」の後の「萩と月」である。萩は地上にこぼれ落ちる「遊女」、月は天上の「み仏」とみなす対比の見方もあるが、「萩と月」を一つの絵と捉えれば、それが芭蕉の追い求める境地を表しているともとれる。季重なりに見えるこの句は季重なりであることに意味があるのかもしれない。遊女に対する芭蕉の憐憫の情は、俗世界を超えて風雅の世界に昇華されてしまっているといえる句ではなかろうか。

# 那古の浦・金沢・小松

芭蕉の旅は越中に入り、いよいよ終盤に近付いてきた。芭蕉の文を現代文にして辿ろう。

「黒部四十八が瀬」とかと言うそうであるが、多くの川を渡って、那古《なご》という浜（現在の新湊市の海岸）に出た。歌枕で知られた担籠《たご》の藤浪は、花の咲く春の時節ではないものの、初秋の情緒もよいのではないかと思い、人に尋ねたところ、「これより五里（二十キロメートル）海岸沿いに行ってから、向こうの山陰《やまかげ》に入らねばならないが、そこには漁師の苫《とま》ぶき小屋があるぐらいで、一夜の宿を貸してくれる者もおるまい」とおどされた。そこで仕方なくそのまま加賀の国に入った。

こう記して次の一句を載せている。

**わせの香や分入《わけいる》右は有磯海**

この句は、早稲の花の香が漂っている中を分け入るように道を進むと、右側に有磯の海が横たわっているという句意である。この辺りから見る立山連峰は雄大である。しかし芭蕉は立山連峰を詠んではいない。曇っていて見えなかったのならば、それはそれで書き残しそうなものである。加賀の白山は立山連峰ほどには見えないのに、芭蕉はこの先白山のことを三度も書いている。やはり芭蕉の目は「天下の書府」といわれた文化の都、金沢に向けられており、前田藩の支藩であった富山藩のことには関心がなかったのであろうか。大伴家持などの歌枕にしか興味を持たず、越中を素通りしてしまった芭蕉を非常に惜しいと思う。引き続き芭蕉の文を現代文で辿るとしよう。

卯の花山、倶利伽羅が谷を越えて金沢に着いたのは七月十五日（新暦八月二十九日）であった。ここでは大坂から通う商人の何所《かしょ》という者がおり、彼の宿に同宿した。金沢には一笑《いっせう》という者が俳諧に打ち込んでいると仄聞していたし、彼を知る人もいたのに、去年の冬に若死にしたらしい。彼の兄が追善の句会を催した。ここまで書いて次の四句を載せている。

塚も動け我泣声《わがなく》は秋の声

ある草庵に誘われて
秋涼し手毎《てごと》にむけや瓜《うり》茄子

途中吟として

あかあかと日は難面《つれなく》もあきの風

小松という場所で

しほらしき名や小松吹《ふく》萩すゝき

一句目、「塚も動け」の句は、塚の下に眠っている一笑に対し、秋の風の渡る音が我が泣き声であると感じて、塚も動いて欲しいという句意である。超現実的な誇張が自然界の言葉で表現されていてしかも違和感がない。主観句のお手本のような句である。

二句目、「秋涼し」の句は、初秋の涼味溢れる草庵に運ばれてきた瓜や茄子はそれぞれの手で剥こうではないか、という句意である。草庵の寛いだ集まりの様子がよく表れている。

三句目、「あかあかと」の句は、あかあかと日は何気なく照りつけているが、すでに辺りは秋の風が吹いている、という句意である。きっと西に傾いた夕日を見てのことであろう。残暑と直接言わずに、残暑を別の角度から表現した句であるともいえる。「あかあかと」と「あきの風」の対比を中七の「日は難面も」でつないで、残暑はあるものの、秋の気配が強いことをさりげなく詠っている。芭蕉ならではの表現である。

四句目、「しほらしき」の句は、小松という地名を小さな松にかけて可憐な名だといい、そんな松に吹く風が萩やすゝきをもなびかせている、という句意であるが、いささか技巧に走った感じは否めない。旧俳諧の名残であろうか。

以上四句とも素材は異なるが、いずれも初秋の情緒を詠んだ句である。折々の生活を季節感で詠むとはこういう詠み方をいうのであろう。芭蕉はやはり巧みである。

再び芭蕉の文を辿ることにしよう。

この地の太田《ただ》神社に参拝した。ここには斉藤実盛の甲《かぶと》と錦の鎧直垂《よろいひたたれ》の切れ端がある。その昔、実盛が源氏に属していた頃に源義朝から賜ったものという。確かに普通の武士が着用するようなものではない。目庇《まびさし》から吹返しまで、菊唐草の模様を彫って金をちりばめ、竜頭には鍬型が打ってある。実盛が討死した後、木曾義仲が戦勝祈願の願い状にこれを添えてこの神社に奉納したとのことである。樋口次郎がその使者をしたことなど、当時のことをまのあたりにするように縁起に書いてある。

ここまで記して次の句を載せている。

**むざんやな甲《かぶと》の下のきりぎりす**

この句は実盛に対する鎮魂の句で、七十三歳で白髪染めまでして戦い、むざんに討死した実盛を偲んでか、今は彼が被っていた甲の下できりぎりす（こおろぎ）が鳴いているではないか、という句意である。きりぎりすに語りかけるような句で、哀れな心象を具象の素材で詠んでいるのは学ぶべきことであろう。

義仲の家臣、樋口次郎は討たれた実盛の首を検分した際、実盛が年齢を隠して勇戦するため、白髪を黒く染めていることに気づき、涙を流したという。このことは謡曲「実盛」にされ広く知られるところとなった。「むざんやな」の上句はこうした背景を知ると芭蕉の涙まで見えるような気がする。

## 那谷・山中・全昌寺

ここまではずっと芭蕉に同行した曾良であったが、ついに体調を崩し山中から大垣までは芭蕉に同行しなくなる。芭蕉の文を現代文にして辿ろう。

山中温泉に近づくにつれて、白山を後ろに見て歩いた。左手の山際に観音堂がある。花山法王が三十三箇所の巡礼を終えられた後で大慈大悲の観世音菩薩像を安置され、那谷寺《なたでら》と名づけられたそうである。那智と谷汲から一字ずつとって名づけられたと言う。さまざまな珍しい石と古い松が並んでいる。萱ぶきの小さなお堂が石の上に造りかけてあり、尊さを感じさせる土地である。

こう記して次の句を載せている。

**石山の石より白し秋の風**

この句は、那谷寺に積まれた石より秋の風のほうが白いという句意で、五行説でいう季語の「色なき風」のことである。澄みきった秋の空気の表現であるとも言えよう。これも秋の風の句、芭蕉には秋の風がよほど身にしみたのであろうか。

次は山中温泉での記述になっている。芭蕉の文を辿るとしよう。

温泉に入った。その効き目は有馬温泉に次ぐという。

**山中の菊はたをらぬ湯の匂**

中国の故事に基づく謡曲に、罪で深山に流された慈童が、菊の葉の下露を吸って長寿を全うしたという逸話がある。この句は山中温泉の湯の香の効用をもってすれば慈童のように菊を手折らなくてもいい、という句意であり、巧みな形容を用いた山中温泉の主への挨拶句である。

芭蕉の文を先に進もう。

宿の主人は久米之助といってまだ少年である。彼の父は俳諧が好きだった。京都の貞室が未熟な若者であった頃、この地に来て久米之助の父に辱めを受けたことがきっかけになって、京都に帰ってから貞徳の門人になって励み、世に知られるようになった。功成り名遂げた後も、この山中村の人々からは点料を受け取らなかったということである。それも今となってはもう昔話になってしまった。

曾良は腹を悪くして、伊勢の国の長島というところに縁者がいるので、そこに向かって一足先に行くことになり、その際に

行《ゆき》ゆきてたふれ伏《ふす》とも萩の原　　曾良

という句を書き残して行った。行く者の悲しみ、残る者の無念さは、あたかも二羽揃って飛んでいた鳥の一羽が、迷って雲の間に消えてしまったような思いであった。

そこで自分もまた次の句を作った。

## 今日よりや書付《かきつけ》消さん笠の露

先の曾良の句は、歩きに歩いて行き倒れになろうとも、そこは萩の原であって欲しい、という悲痛な叫びであると取りたい。倒れても萩の原であろうから思い残すことはない、という解釈もあるが、芭蕉と別れる曾良に思い残すことがない筈はないと思う。やはり別れにあたっての曾良の悲痛な叫びであると解釈したい。「おくのほそ道」に載っている曾良の句の中では曾良の思いが出ているいい句であると思う。

「今日よりや」の芭蕉の句は、「今日より〝同行二人〟という笠の書付を消そうというのであろうか、笠には露が載っている」という句意で、露に芭蕉の涙をかけているのであろう。「今日からは一人だから〝同行二人〟という笠の書付を露で消してしまおう」と解釈する見方もあるが、これでは芭蕉が薄情すぎるように思う。「今日より書付を消そうというのか、笠の露よ、消さないでおくれ」という願いを暗に訴えていると取りたい。しかしそうだとすれば表現の不十分さが否めない句であるとも思う。

更に芭蕉の文を辿るとしよう。

大聖寺の城外にある全昌寺という寺に泊った。まだ加賀の地である。曾良も前の夜は

この寺に泊って、

終宵《よもすがら》秋風聞《きく》やうらの山　曾良

という句を残した。この曾良の句は、芭蕉と別れた曾良の心情が切々と詠われている。曾良にとっては「うらの山」が芭蕉の気配で、そこに芭蕉の声を聞くごとく秋風を聞いているのである。それも悶々として「終宵《よもすがら》」である。どの語彙も他に代えられない使い方で、「おくのほそ道」に載っている曾良の句の中では一番いい句だと思う。一夜の隔たりが千里にも感じる。自分も秋風を聞いて修行僧の寮舎に臥した。

夜明け近くに読経の声が澄んで聞こえ、鐘板が鳴ったので食堂に入った。今日は越前の国へと心を急かして堂を出ると、若い僧たちが紙と硯を持って階段の下まで追いかけてきた。ちょうど庭の柳が散ったので、

庭掃《はき》て出《いで》ばや寺に散《ちる》柳

あわただしく、草鞋履きのままのいでたちでこう書いて与えた。この句は、禅寺で宿泊した際の礼儀として庭掃除などの作務をするが、掃いて出ようとしたらまた柳の葉が散ってき

た、という句意であろう。「出端に柳が散ったから掃除していこう」という句意であるとする解釈があるが、旅立とうとする芭蕉は僧たちに「すまないねえ」という滑稽を詠んだつもりだとも取れる。

## 汐越の松・天竜寺・永平寺・敦賀

芭蕉は加賀と越前の境、吉崎の入江を舟に乗って渡り、汐越の松を見に行った。ここでは西行の歌を載せ、こう記している。

**終宵《よもすがら》嵐に波をはこばせて　月をたれたる汐越《しおごし》の松**　西行

この一首にて数々の佳景は詠み尽くされている。もし一言一句でも付け加える者は、五指に一指を付け足すが如くで、無駄なことである。

丸岡の天竜寺の長老は古い知人なので訪ねた。また金沢の北枝という者が、ちょっとそこまで見送ると言って、とうとうここまで付いてきた。所々の風景を見逃さないで考え続け、時折感動して作った句の思いなどを聞かせてくれた。今別れるにあたって、

## 物書《かき》て扇引さく余波《なごり》哉

この句は扇に芭蕉が書いた発句の部分と、北枝が書いた脇句の部分を引き裂いて、互いに相手の書いたものを持ち合い、別れの名残を惜しむという句意である。季題は「捨て扇」または「扇置く」で初秋とみなせる。別れの名残惜しさに「心が引き裂ける」という主観的な表現を使わず、「扇引さく」と具象的に表現しているところが、芭蕉俳句の深みであろう。

以下、芭蕉の文を追うことにする。

五十丁（約五キロメートル半）山に入って、永平寺を礼拝した。道元禅師が開かれたお寺である。都から遠く離れたこんな山陰に跡を残されたのも、尊いわけがあったということである。

福井までは三里（十二キロメートル）なので、夕飯を済ませてから出たが、夕暮れの道ははかどらない。この地に等裁という古くから知られた隠者がいる。いつだったか江戸に来て自分を訪ねてきたが、もう十年以上も前のことである。どれほど老いているだろうか。ひょっとして死んでしまったかと人に尋ねたら、まだ生きながらえていて、そこだ、そこだと教えてくれた。町中にひそかに引きこもっていて、みすぼらしい小家に夕顔や糸瓜などが蔓を這わせ、鶏頭や箒の木が戸口を隠すほど生い茂っている。たぶんこの家に違いないと門を叩くとみすぼらしく見える女が出てきて「何処からいらしたお坊さまでしょうか。主人はこの近くの某という方のところに行っています。もし用事があるならそちらに行ってください」と言う。この人が等裁の妻であろうと思えた。昔物語にこのような情景があったと思いながら尋ね、会うことができた。その家に二泊し、名月は敦賀の港で見ようと思い出発した。等裁も一緒に送ろうと、ひょうきんに裾をからげて、「さあ道案内を」と浮かれて出発した。

白山が次第に隠れて、比那山の姿を見えてきた。あさむつの橋を渡って玉江に来ると蘆の穂が出ていた。鶯の関を通過して湯尾《ゆのお》峠を越えれば、燧《ひうち》が城である。歌枕の「帰る山」では初雁の声を聞き、敦賀に九月二十七日（旧暦八月十四日）の夕方着いて宿を求めた。

その夜の月はことのほかきれいであった。「明日の夜もこうあってくれるだろうか」と言えば、「越路の常として、明日晴れるか曇るかは予測できない」ということだった。宿の主に酒を勧められ、その後で気比《けひ》の明神に夜参りをした。ここは仲哀天皇をお祀りしてあるところである。境内は神々しく、松の枝の間からは月の光が差し込み、神前の白砂は霜が降ったようであった。

昔、遊行二世の上人（時宗開祖、一遍上人の法位継承者、他阿上人）が大願を発起されたことがあって、自ら草を刈り、土石を担って、どろどろの湿地をなくされたので、参拝時の往来がたやすくなった。この先例が今も守られていて、代々の上人は神前に砂を運んでおられる。「これを遊行の砂持ちと申しています」と宿の主人が話してくれた。

**月清し遊行の持てる砂の上**

八月十五日（新暦九月二十八日）、宿の主人の言葉通り、雨が降った。

**名月や北国《ほっこく》日和《びより》定《さだめ》なき**

先の「月清し」の句は、月の光が遊行の持ってきた砂の上に降っている、という光景を詠んだものである。この句の「持てる」を「持っている」と解釈すると、芭蕉の句意から離れるように思える。むしろ「持ちたる」または「持ちきたる」という完了形的ニュアンスに解釈すべきであろう。持ち来たったのは二世の上人を指すのか、代々の上人を指すのか、という議論もあるが、遊行僧の心意気で運ばれた砂の上に静かに月の光が降っている、これが芭蕉の句意だと思う。

後の「名月や」の句は、中秋の名月の日なのに雨で、北国の日和は変りやすいものだ、と嘆いている句である。上五の格調に対し、中七下五の落とし方が滑稽でもあり、苦笑している様子を髣髴させるものがある。

## 種《いろ》の浜・大垣

八月十六日（新暦九月二十九日）、空が晴れたので、西行ゆかりのますほの貝を拾おうと種《いろ》の浜に舟を走らせた。敦賀から海上を七里（二十八キロメートル）ある。天屋何とかという者が、弁当から酒まで細かく気を遣って用意させ、多くの召使まで舟に乗せた。追い風に乗って舟はすぐに着いた。浜には僅かに漁師の小さな家があるだけで、侘しい法華宗の寺があった。この寺で茶を飲み、酒を温めたりして、夕暮れの寂しさを堪えた。

**寂しさや須磨にかちたる浜の秋**
**浪の間や小貝にまじる萩の塵**

その日のあらましを等栽に書かせて寺に残した。

芭蕉は種の浜のことを以上のように書いている。
一句目「寂しさや…」の句は、寂しさでは源氏物語以来寂しさで知られている須磨の秋の風情よりも、ここ種の浜のほうがより寂しいという句意である。

二句目「浪の間や…」の句は、西行が詠んだ桜色の「ますほの小貝」に混じって萩の花屑が波間に浮かんでいるという句意である。芭蕉の心は古歌への思いでいっぱいであったのであろう。

『おくのほそ道』最後の地、大垣での記述はこうである。

露通も敦賀まで出迎えて来てくれていたので美濃の国まで同行した。馬に乗り大垣まで来たら、曾良も伊勢から来ており、越人も馬で駆けつけて来て如行《じょこう》の家に集まった。前川氏や荊口《けいこう》父子、その他親しい人たちも昼夜なく訪ねて来て、まるで生き返った人に会うかのように喜び、労ってくれた。長旅の疲れもまだ取れない内に九月六日（新暦十月十八日）になったので、伊勢の遷宮参拝をしようと舟に乗った。

**蛤のふたみにわかれ行《ゆく》秋ぞ**

「おくのほそ道」の文はこれが最後である。

伊勢神宮は本殿改修にあたり、御神体を遷す改築遷座式が二十年毎に今も行われている。

芭蕉が伊勢を訪れた一六八九年（元禄二年）は、内宮が九月十日、外宮は九月十三日に行われた。芭蕉は内宮の改築遷座式の四日前に大垣を出発したことになる。

最後の句の「ふたみ」は、蛤の「蓋と身」であると同時に、伊勢の「二見」である。また「行」は、名残惜しい人たちと「別れ行く」という意味と、「行く秋」の両方にかかっている。この句は技巧に富んだ句であるが、調べがいいので寓意を感じさせない。大垣に近い桑名は蛤の名産地である。この句は『おくのほそ道』の旅を終えた場所への別れの句としても受け取れる名句であると思う。門人や知人が集まってきてくれたこの場所での別れの辛さが、身を引き裂かれるような実感として迫ってくる。折から季節は秋であった。

筆者はかねがね『おくのほそ道』の旅がなぜ大垣で終っているのか疑問に思っていた。しかしここに来て分かったような気がする。長い旅の最後は、春でも夏でも冬でもふさわしくない。芭蕉なら秋を持ってくるに違いないと思えるのである。芭蕉の旅はまだ続くが、大垣から舟に乗ったのが晩秋であったから、芭蕉はここで『おくのほそ道』の旅を切ったのだと思う。

思えば『おくのほそ道』の旅の出発も舟で始まった。千住で舟から上がっての旅の第一句は、

行春や鳥啼魚の目は泪

であった。「行春や」で始まった旅は「行秋ぞ」で終っている。舟で始まった旅であったが、また舟で旅立つところで終っている。旅に始まって旅に終る、人生はどこまでも旅であるとでも言いたげな終え方、そして自らの感情を鳥や魚、蛤に比喩する詠み方、これらから芭蕉の人生や自然への思いが痛々しいほど伝わってくる。

**【参考文献】**

・日本語のゆくえ（吉本隆明著、光文社）
・新芭蕉講座　第八巻紀行文篇（小宮豊隆、横沢三郎、尾形仂著、三省堂）
・芭蕉文集（富山　奏校注、新潮社）
・世界伝記全集15　松尾芭蕉・杉田玄白（鶴見正夫著、講談社）
・芭蕉＝二つの顔「俗人と俳聖と」（田中善信著、講談社選書メチエ一三四）
・芭蕉の読み方（復本一郎著、日本実業出版社）
・松尾芭蕉（雲英末雄・高橋治著、新潮社）
・松尾芭蕉（嶋岡　晨著、成美堂出版）
・芭蕉　おくのほそ道　（杉浦正一郎校註、岩波文庫）
・芭蕉　おくのほそ道（萩原恭男校注、岩波文庫）
・おくのほそ道ほか（高橋　治著、講談社）
・奥の細道（小山田つとむ漫画、ほるぶ出版―まんがトムソーヤ文庫）
・異聞おくのほそ道（童門冬二著、集英社）
・おくのほそ道　全訳注（久富哲雄著、講談社）
・芭蕉とユーモア（成川武夫著、玉川大学出版部）
・悪党芭蕉（嵐山光三郎著、新潮社）
・蕉門俳人年譜集（石川真弘編、前田書店）
・永遠の旅人　松尾芭蕉（白石悌三・田中善信著、日本実業出版社）
・芭蕉俳諧の精神（赤沢学著、清水弘文堂）
・正岡子規「俳句の出発」（中村草田男編、みすず書房）

## あとがき

本稿は俳句誌『水鳥』に連載した「芭蕉の紀行文鑑賞」を、単行本として編集し直したものです。

『水鳥』は「水鳥の会」（浜松市三ケ日町）の俳句誌で、「芭蕉の紀行文の連載」は主宰の井村経郷氏に勧められたことがきっかけでした。今思えば、これが私にとって芭蕉を知り、ひいては五七五の文芸というものを学ぶいい機会となりました。

『水鳥』への連載は、平成十六年三月号の誌面から開始し、平成二十一年五月号を以って完了。途中約一年間の休止期間はあったものの、足掛け五年余りで全五十二回の連載をさせて頂きました。これはひとえに井村経卿氏と読者の方々の励ましのお蔭で、今でも心から感謝しております。

私が五七五の短詩文芸の吟社に入ったのは、平成十二年（二〇〇〇）八月に名古屋市の俳句吟社に参加したのがきっかけでしたが、ふとしたご縁で同年十月に現在の川柳吟社にも参加する機会を得ました。その後十年くらいは俳句も川柳も手掛けてきましたが、今は川柳を主体に句を作り、地元では句会をやって講座の講師もしています。

俳句に参加して思ったことは、俳句は言葉の吟味に厳しい反面、「美しいもの（不易）」を追いがちで、人間くさい面は避ける傾向があるということです。また川柳に参加して思うことは、川柳は文芸としての言葉の吟味より「表現の斬新さ（流行）」を追いがちだということです。

命というものは「不易流行」の両面を生きるものと思われます。この点でも芭蕉は「不易流行」を一句にすることを目指した人物のように感じます。

俳句と川柳はどちらか一方にすべきで、両方やるのは不謹慎だという見方が根強くあることは承知しています。しかし人間というものは、ベートーベンやショパンを聴きたくなる一方で、時には演歌やジャズも聴きたくなるものです。それを不謹慎とはいえないと思います。

ただ「文芸」とは、自分の思いを如何に他人に伝えて共感を得るかということなので、自分なりの人生観をしっかり持ち、感性を磨いて、文字で的確に表現する手法の訓練は必要だと痛感しています。その点でも芭蕉に学ぶべきことが多々ありました。

俳句をやる人も、川柳をやる人も同じ思いをなさるのではないか…。本書はそういう思いでまとめました。

まとめるきっかけを作って頂いたのは、「新葉館」企画の『精鋭作家川柳選集』への参加を勧めて頂いた中日川柳会の荒川八洲雄会長です。この企画に参加したお蔭で「新葉館」の竹田麻衣子さんと繋がり、以前どこかの川柳大会でお会いした際、ふと漏らした「芭蕉の紀行文」の出版打診をしたことを、数年経っても覚えていてくださったことに感激、これが出版の決意を促しました。ご両名にも心から感謝を申し上げます。

二〇二一年四月吉日

戸田　富士夫

【著者略歴】

戸田冨士夫（とだ・ふじお）

富山市生まれ、愛知県春日井市在住。

中日川柳会同人。中日新聞「あすなろ川柳」選者。春日井市短詩型文学祭実行委員。春日井市生涯学習三団体の川柳部門講師。


# 芭蕉に学ぶ

表現力と鑑賞力を養う

○

令和3年 5 月13日　初　版

著　者

戸　田　冨　士　夫

発行人

松　岡　恭　子

発行所

新　葉　館　出　版

大阪市東成区玉津１丁目9-16 4F　〒537-0023

TEL06-4259-3777㈹　FAX06-4259-3888

https://shinyokan.jp/

印刷所

株式会社太洋社

○

定価はカバーに表示してあります。





ISBN978-4-8237-1055-1